識字障害《ディスレクシア》の僕が
ドローンと出会って
飛び立つまで

文字の読めないパイロット

髙梨智樹

イースト・プレス

はじめに

はじめまして。ドローンパイロットの髙梨智樹《たかなしともき》といいます。

僕は、12歳のときにドローンと出会い、２０２０年の現在は、父と一緒にドローン撮影会社「スカイジョブ」を立ち上げ、映画やドラマ、ＣＭ用の空撮から、観光ＰＲや橋の安全点検のための撮影などをしながら、ドローン業界のこれからについて講演も行っています。

高校時代にはドローンレース大会の「World Drone Prix」の日本選考会で優勝し、日本代表としてドバイ大会へ行くことができました。当時、ドローンの大会はめずらしく、ニュースでも取り上げられたので、レーサーとしての名前で知ってくださっている方もいるかもしれません。

今は好きなドローンとともに、とても楽しく充実した日々を過ごしていますが、これまでの道のりは平坦ではありませんでした。

みなさんは「識字《しきじ》障害（ディスレクシア／読み書き障害）」という言葉を聞いたことはありますか？　最近では「発達障害」という言葉をだいぶ耳にするようになりましたが、「発達障害」の中に「学習障害（ＬＤ）」があり、その分類のひとつに「識字障害」があります。

識字障害とは、知力や言語の発達に遅れはないのに、読み書きがうまくできないという特性があります。

僕は小学校の頃から、識字障害で困るようになりました。小学校高学年になってもひらがながやっと読める程度で、まわりの子たちと学習の差は広がる一方でした。しかし、当時は識字障害があるとわからず、「勉強の努力が足りないからいけないんだ」と思っていました。

2019年6月にMBS・TBS系ドキュメンタリー番組「情熱大陸」への出演が決まったとき、はじめは悩みましたが、テレビ局の方とも相談して、識字障害があることを、はじめて大々的にカミングアウトしました。知り合いや視聴者からの反応が不安でしたが、放送後、さまざまな方から問い合わせがあり、同じように苦しんでいる人が多いことに気づかされました。

僕は現在、21歳。いろいろな方の支えもあって、今を楽しく元気に過ごしています。しかし、これは僕が特別だったからではありません。程度の違いはありますが、識字障害であっても早期に気がつき、環境を整えるなどの対処をすれば、生きづらさを解消することがきっとできます。誰でも楽しく輝いて生きることができるし、その権利を持っているのです。

僕が今、活き活きと生きていけているわけを、これまでの僕の日々を振り返り、考えていたことや大変だったこと、識字障害とつき合っていく経緯を語ることで、同じように悩まれている方やご家族の方に少しでも役に立てたらと思っています。

髙梨智樹

文字の読めないパイロット もくじ

はじめに　2

1
僕と識字障害　13

小学校高学年になっても漢字が読めない　14
自分の努力が足りないと思っていた　20
ヒアリングは約3倍速でも聞き取れる　24
識字障害がある人は体に不調を抱える人が多い　27
こだわりが強く好きなことに夢中になる性格　30
仕組みが気になってバラバラにしてしまう　34
母◆高梨朱実　「私が過保護だから?」と悩むことも　38
父◆高梨浩昭　学習障害や発達障害への理解がない「時代」　40

2 小・中学校に通っていた頃 43

先生の「読み上げ」を恥ずかしくて断る 44
読み上げソフト「棒読みちゃん」との出会い 48
オンラインゲームのためにキーボード入力を覚える 51
英語が聞き取れるようになる 54
みんなで悩んで決めた中学進路 57
公立中学校に行くことがストレスに 61
「智樹を前例にしてください」 64
僕には「識字障害」がある？ 67
母◆高梨朱実 わが子に合う環境を選ぶ 72
父◆高梨浩昭 先生方の支援に感謝したい 76

TEACHER'S VOICE
VOL.1 どの子も幸せになる権利がある――冨岡 薫 78
VOL.2 「できないことを頑張る時間」は端折ってもいい――宝子山尚生 84

3 高校に通っていた頃

91
「読み上げあり、代筆なし」で高校入試を突破 92
きょとんと立ち尽くした合否発表 95
パソコンを使っての授業 97
はじめは勇気が必要だった30名のクラス 101
予習をして復習はしない勉強方法 105
はじめてかけがえのない友人に出会う 107

4 DO-IT Japanプロジェクトとの出会い 113

厳しい応募倍率への挑戦 114
集合から自立のプログラムがはじまっていた 117
プログラムから得た大きな収穫 119
改めて認識した自分の障害の重さ 121
仲間や先輩の話で将来への希望を抱く 124
支援は自分で作り出せばいい 126
DO-IT Japanで変わったライフスタイル 129
自動車運転免許への挑戦 134
障害が個性のようになる未来 138
父◆髙梨浩昭 もし10年早く生まれていたらどうなっていたのだろうか 142

TEACHER'S VOICE

VOL.3 ロールモデルと出会うことが大切――近藤武夫
146

5 僕とドローン

153
はじめはラジコンヘリに熱中する 154
はじめてのドローンとの出会い 157
海外のウェブサイトからドローン機材を購入 159
生まれてはじめて競う楽しさを知る 163
ずっと飛ばしていたいと感じた日本選考会の優勝 167
ドバイ大会出場で生まれてはじめて海外へ 172
世界のレーサーとのレベルの差を知る 174

海外チームが捨てた部品にヒントを探す　177
レース会場で身につけたコミュニケーション力　179
腕を落とさないためにレースに出続ける　181
母◆髙梨朱実　本人のやりたいことにすすんで協力する　184
父◆髙梨浩昭　教えたいと思わせる話術がある　186

6 ドローンと歩む未来

ドローンと歩む未来　189
「大学なんていつでも行けるさ」　190
ルーティンが苦手でイレギュラーが大好き　193
起業するタイミングは早い方がいい　195
父の決断と大きなプレッシャー　197

幅広い分野で依頼されるドローンの仕事 200
移り変わりの早いドローン業界のこれから 203
僕の新しい夢 205
できないことはやらなくていい できることを伸ばせばいい 207
母◆髙梨朱実 生きていくのは本人、好きな道を選べばいい 210
父◆髙梨浩昭 本人のやりたいことをずっと応援したい 214
おわりに 220

1
僕と識字障害

小学校高学年になっても漢字が読めない

僕には「識字障害」という学習障害があります。識字障害は知力や言語の発達に遅れはないものの、文字の読み書きがうまくできない障害とされています。

僕は幼い頃から「周期性嘔吐症《しゅうきせいおうとしょう》」という日常生活で急に吐き気が起きて嘔吐してしまう病気もあわせ持っていました。そのため小学生の頃はほとんど学校に行けず、読み書きが苦手なのは、病気のために学校を休みがちで学習についていけないからだと、家族も僕も思っていました。

でも小学校5年生になっても、読み書きは上達しませんでした。当時の僕は漢字やカタカナが覚えられず、ひらがなであればなんとか読めるといった状態でした。なので、ひらがなでルビをふってもらえれば、教科書が読みやすくなり、音読もできるようになるのですが、その文字が頭に残るかというとそうではありません。

文字を一文字一文字追って声にできるだけで、文字の並びから文意をつかむことはできませんでした。それは今でも変わりません。

当時の担任の先生から「漢字にルビをふるとなんとか読みやすくなるようだ」と連絡があると、僕が周期性嘔吐症の点滴を病院で受けている間に、母が教科書にルビをふる作業をしてくれていました。

僕には6つ年上の兄がいるので、兄の勉強の進み方を見てきた母は、僕の読み書きの遅れに違和感を覚えつつも、小学校高学年になっても漢字が読めないのは、学習時間を確保できないからであって、周期性嘔吐症の病状がよくなって勉強できるようになれば読み書きも上達するだろうと、ずっと考えていたそうです。

識字障害の特性や程度は、その人によって違いますが、表記された文字を脳で音に置き換える作業が難しいため、文字を読むのが極端に遅くなったり、読み飛ばしたり、間違ったりすることが多くなるそうです。

また、漢字をなかなか覚えられず、覚えてもすぐに忘れてしまうのは、文字を見ても次のような症状が出てしまうためなのです。

・文字や数字の形の区別が難しい
・文字が歪んで見える
・音と文字を結びつけて覚えられない
・文字は読めても、単語や文章になると意味が捉えられない　などまた、具体的にどのような形で文字が歪んで見えているかというと、次のようなイメージで表されることが多いようです。

・文字がにじんだり、ぼやけたりして見える
・二重にダブって見える
・文字が逆さまに見える
・漢字の偏とつくりがバラバラに見える
・文字が動いているように見える　など

僕の場合は、文字が歪んで見えるというより、文字は見えているのだけど、その文字がどういう意味なのかわからないという感じです。

例えて言うと、韓国語やアラビア語は、初見だとそれが文字だとわかっ

ても、意味まではわからないですよね。それと同じような感覚だと思います。短い文章であれば覚えていられるものもありますが、長い文章だと文字が歪んで見えたり、飛ばして見えてしまったりするのです。その理由は自分でもよくわかりません。

文字だということは大抵わかりますが、意味がわからないので、視覚ではなく、脳の中にある変換機能のようなものに問題があるのかもしれません。

学習障害にはこのほかにも、計算が困難な「計算障害」もあります。計算障害があると、数の多少や増減関係がわかりにくかったり、位取りのルールがわかりにくかったりします。そのため、数学が苦手というレベル以前に、単純な計算ができないことがあります。

きちんと診断は受けていませんが、僕にはこの計算障害もあると言われていて、暗算などの計算が苦手です。でも、計算の方法はわかるので、電卓があれば計算することができます。

僕に「識字障害」という生まれつきの障害があることに、両親は気づくことができませんでした。しかし、それは仕方のないことで、僕が小学校に入学した2005年頃は、発達障害とはどういうものか、どう対処したらよいのかといった情報が、教育現場や医療現場ですら浸透していませんでした。一般の人だと、なおさら耳にすることが少ない時期だったので、発達障害の中に「学習障害」や「識字障害」というものがあることなどわからなかったのです。

自分の努力が足りないと思っていた

僕の識字障害はかなり重い方だと言われています。識字障害の場合、読むのが苦手か、もしくは書くのが苦手かのどちらかだけのことが多いそうで、しかもその中には、間違いが多い程度で、読み書きがまったくできないわけではない人もいるようです。

僕の場合は、ひらがなはなんとか読めるけど、カタカナは似たような形の字があるのでちょっと苦手です。漢字は読むことも意味を捉えることも難しいです。ひらがなは50字くらいなので頑張って覚えましたが、漢字は膨大すぎて、覚えられませんでした。

人の何倍も時間をかければ、文字を書き写すことはできますが、何も見ないで書くことはできません。

例えば、○や△や□などの図形が複雑に組み合わさっているものを見せられ、それをあとから思い出して書けと言われたらどうでしょう。規則性を感じられない図形の重なりは、時間をかけないと写せないと思います。それに近いイメージです。

僕にとって漢字は、複雑な図形の重なりのように感じられ、なかなか覚えられないのです。頑張って頭に入れても、すぐに忘れてしまいます。だから、いつも漢字のテストは白紙で提出していました。

ただ、文字の認識が困難なだけで、聞いたり話したりの会話は普通にできるので、識字障害があることに、自分自身はもちろん、家族も周囲もずっと気づくことができませんでした。

小学生の頃は、自分はただ単に勉強ができないだけだと思っていました。文字が読めないことも書けないことも、そのことで辛いと思ったことはありませんでした。みんな僕と同じような状態だと思っていたのです。「みんなも僕と同じくらい大変な思いをして、そのうえでたくさん勉強しているから、できるようになっているのだろう」「母が考えていたように、僕は具合が悪くて学校に行けず、勉強が不足しているから、文字の読み書きができないのだろう」と、本気で思っていました。

今思うと、それが識字障害をはじめとする学習障害の一番の問題かもしれません。どんなに頑張ってもできないのに、「自分の努力が足りないからだ」と思ってしまう。さらに、親や教師も気づいてあげられなくて、「もっと頑張れ」「怠けるな」と追い込んでしまうケースも多いかもしれません。

もし僕が、中学生の頃に通った特別支援学校で識字障害だと指摘されず、障害に気づかないまま高校や大学生活を過ごしても、「なんだか大変だな」と思いながら、それなりに生きていたのかもしれません。ただ、障害があるとわかったことで対処法を見つけることができ、自分の可能性が広がったと思っています。

今は発達障害に関する情報が増え、学習障害についても小さい頃から理解してもらえるケースが増えているようです。支援方法も増えてきた現在では、学習障害とわかることはいいことだと思います。しかし、10年前、20年前のような、世間の障害に対する理解が不十分な時代であるならば、障害者だとわからない方が本人は幸せかもしれないなと思うこともあります。正直、そこにはいまだに葛藤があり、なにが正解なのかはよくわかりません。

ヒアリングは約3倍速でも聞き取れる

僕は文字の読み書きは苦手ですが、聞いて理解することに支障はありません。授業でプリントを配られたら、文字を読むことはできませんが、読み上げてもらえば内容を理解することができます。

パソコンやスマートフォンなどで調べ物をするときは、読みたいテキスト部分を音声読み上げ機能を使って理解しています。ヒアリングは得意なので、およそ3倍速にしても聞き取れます。目で文字を追って読むよりも早く読めるので、よく使っています。

僕はもともと記憶するのが得意で、一度聞いたことはほぼ忘れないので、ヒアリングや読み上げ機能の使用に向いていたのかもしれません。ノートなどにメモを取る必要もなく、読み上げてもらえれば、ほかの人と同じように理解することができました。

また、あまり自覚していませんでしたが、僕はかなり耳がいいようです。特に好きなものの音を聞き分けるのが得意です。例えば、僕が好きなヘリコプターであれば、空を飛んでいる音だけで機体の種類がわかります。自宅の近くに自衛隊の厚木基地があって、体調のよいときは父に連れられ、ヘリコプターが飛ぶのを眺めていたので、機体の音を自然と覚えていきました。学校を休んで家にいるときは、この特技を活かして、空を飛ぶヘリコプターの音を聞き分けて楽しんでいました。

ほかにも、緊急車両が好きなので、サイレンの音も聞き分けられます。外でサイレンが聞こえてくると車両の年式まで判別できます。また、電車や車に乗っているときは、目をつぶっていても、音だけでどの辺を走っているかがわかります。

耳から得られる情報は多いので、今の仕事でも役立っています。ドローンのテストフライトをする際に、モーター音で機体の調子の良し悪しがわかったり、プロペラの欠けや設定ミスなども音でわかります。

ただ、耳がいいと大変なこともあります。好きな音が聞こえるときはいいのですが、嫌な音が近くにある場所は苦手です。

都会で冷えた夜中に聞こえるゴーという地響きや、店の中でいろいろな人が話しているガヤガヤとした音が苦手です。まわりの人の話やあらゆる雑音が全部耳に入ってきてしまうのです。発達障害の人は聴覚過敏の方が多いと聞いたことがあり、僕にもその傾向があるのかもしれません。

識字障害がある人は体に不調を抱える人が多い

僕は2歳半のときに周期性嘔吐症になりました。「自家中毒」ともいい、自分の身体の中で中毒症状を起こしてしまうような病気で、具体的には一時的にケトン体という物質が血中に増えて嘔吐してしまいます。

あとで詳しく触れますが、僕は高校1年生のときに、東京大学先端科学技術研究センターが実施している「DO-IT Japan」というプログラムに参加しました。障害や病気を持っている学生たちに、進学や就労への移行支援することを目的とした活動です。

中学3年生の頃から、東大の教授方にいろいろと相談にのってもらっていたのですが、その教授から、「識字障害がある人は、周期性嘔吐症を持つケースが多い」という話を聞きました。

周期性嘔吐症の診断がついていなくても、文字を見ると吐いてしまったり、おなかが痛くなったり、頭が痛くなったり、場合によっては倒れて寝込んでしまったりする人もいるそうです。

文字に触れる環境から逃げ出したくて身体が拒絶している状態、つまり、ストレスから回避するための自衛本能かもしれないとのことでした。

それを知って、はじめて自分自身を理解できたように感じました。保育園や学校では文字に触れる機会が多いので、僕も身体が拒絶していたのかもしれません。

それを裏づけるように、僕はスマートフォンの読み上げ機能など、デジタル機器を使って文字を理解できるようになった頃から、嘔吐することが少なくなりました。

1

僕と識字障害

発達障害がある人は、周囲から障害を受け止めてもらえなかったり、対人関係の環境が悪かったりすると、もともとある障害とは別の「二次障害」を起こすことが多いといわれています。大人の場合は「うつ病」などの精神疾患としてあらわれることがあり、子どもは、不登校や引きこもり、摂食障害、または非行や暴力など反社会的な行動につながるケースがあるといいます。

僕の周期性嘔吐症は、対人関係を意識する前に発症しているので、二次障害とはちょっと違うのかもしれませんが、「識字障害がある人は、周期性嘔吐症を持つケースが多い」ということを知れて、自分の識字障害とどのようにつきあっていくか改めて考えるきっかけになりました。

こだわりが強く好きなことに夢中になる性格

僕は現在ドローンを操縦して撮影をしたり、レースに参加したりして生活しています。ドローンのことになると時間を忘れて操縦の練習やメンテナンスに没頭してしまうのですが、ドローンに出会う前の僕はどうだったのかを、少しお話ししたいと思います。

僕は昔から何事に対しても、こだわりが強い方だったようです。覚えていないこともあるのですが、両親に話を聞くといろいろなエピソードがあります。とにかくマイペースで、自分の好きなことや気になることが見つかると、そればっかりに没頭していたそうです。

好きなことをしていると、楽しいから夢中になっているのですが、家族から見た僕の行動は理解ができない場面もあったようです。大らかな母は「男の子は不思議だわ」と笑い飛ばすような性格なので、僕のこだわりにもなんだかんだ言いながらつきあってくれていました。そのおかげで、今でも好きなことにのめり込むことができていると感謝しています。

保育園の頃に持っていたこだわりは、積み木やプラレール、砂遊びでした。身体が弱かったのもあり、園庭を走りまわる鬼ごっこやかくれんぼをすることはなく、誰かと遊ぶよりも、自分ひとりで楽しみを見つけることや、自分だけでできる遊びが好きでした。

特にプラレールはひとりで遊べるし、自由に拡張できるのが気に入っていました。保育園や小学校は具合が悪くて行けない日が多かったので、家じゅうにコースを作り、プラレールを走らせて遊んでいました。そこにミニカーや積み木を加えて遊ぶのも好きでした。

今考えると、すでにできあがっているおもちゃで遊ぶのはつまらなくて、自分が手を加えて工夫できるおもちゃが好きだったのだろうと思います。

「組み合わせて遊ぶ」ことにもこだわりを持っていました。

当時の僕はガチャポンなどをやるときに、必ず「1個ではなく、2個ほしい」と言って聞かなかったそうです。母に「1個しかダメ」と言われると、「絶対2個ほしい」と駄々をこねて、スーパーで座り込みをはじめる。それでもダメだと言われると「じゃあ、いらない」と、先に買った1個目も置いて帰ろうとしたそうです。

きっと僕にはやりたいことがあって、2個のおもちゃを組み合わせて遊びたかったんだと思います。おもちゃが1個だけだとできない遊びで、1個しか買ってもらえないのなら意味がない。そんな風に考えていたのだと思います。

例えば、ミニカーでショベルカーとダンプカーがあれば、2つを組み合わせて遊べます。ショベルカーだけだと掘るだけだし、ダンプカーだけだと積むしかできない。それでは遊びが広がらないからつまらない、というように思ったのでしょう。

しかし、当時の僕はそれをうまく言葉で説明することができないから、「とにかく2個じゃないとダメなんだ！」と駄々をこねて、母を困らせていたそうです。

仕組みが気になってバラバラにしてしまう

僕は、体力はあまりありませんが、手先は器用で、物を作ることや機械を扱うことは子どもの頃から得意でした。

小学校低学年ぐらいの頃の僕は、おもちゃや時計をひとりで勝手に分解してしまう困った子どもでした。分解しても元に戻せればいいのですが、直せなくなって、壊れたまま動かなくなるおもちゃがたくさんありました。僕としては、分解したいだけで壊すつもりはないのですが、いざ戻そうとするとあまった部品が出てきてしまうのです。壊れたおもちゃが見つかると怒られるので、見えないところにそっと隠したりしていました。

なぜ分解したかったのか振り返ると、「直したい」や「中身の仕組みが気になる」という思いがあったようです。

遊んでいるおもちゃの動きが悪くなると、それを直したい気持ちになるのです。直そうとすると、今度はおもちゃの中の動く仕組みが知りたくなってしかたなくなる。中でどのように歯車がかみ合っているのか、ゼンマイがどのように組み込んであるのか、を見たくてしかたなくなるのです。

家族からすれば、せっかく買ったものをバラバラにして壊してしまうので、理由もわからずとまどっていたようですが、当時の僕はうまく説明できず、ただ気になって壊してしまうことを繰り返していました。

中学生になると、分解しても元に戻せるようになり、改造を楽しむようになりはじめました。

よく遊んでいたプラレールの電車を改造して、オリジナルの乗り物を走らせてみたり、戦車のラジコンを改造してカメラをつけ、2階の自分の部屋から映像を見てリモート操作し、１階のキッチンにいる母に向けて攻撃ごっこをして遊んだりしていました。

この頃の僕は工夫や試行錯誤をしながら夢中になって分解や改造を楽しんでいました。父や兄の趣味がラジコンやプラモデルで、家の中に工具がたくさんある環境だったことが僕をそうさせたのかもしれません。

このときの経験が、現在のレース用のドローン制作や産業用や撮影用のドローンの微調整などに生きていると感じます。僕は物理の勉強はしていませんが、ここに角度をつけるといいとか、ぶつかるとどのように飛び散るだろうとか、経験からすぐにイメージできるようになりました。

作業机。いつもここでドローン制作や調整をしている。

母◆高梨朱実《あけみ》

「私が過保護だから？」と悩むことも

当時の私は、文字の読み書きができない智樹のために、なんとかして字くらいは書けるようにしてあげたいという思いでいっぱいでした。自分が好きだった習字を一緒にやろうと誘ったり、「サンタさんはお手紙を書かないとプレゼントくれないよ」と手紙を書かせたりしました。今思うと、かわいそうなことをしたと思いますが、あの手この手で文字を書く機会を作ってみては、「どうしてできないのかな？」とひとり悩むばかりでした。

夫は高校も大学も野球部で寮生活を続けてきた、バリバリの体育会系の人間です。自分が風邪をひいても「根性で治す！」というタイプなので、当時は子どもたちが病気をしても、「体力がないからだ」「根性が足りない」「我慢が足りないからだ」と言うような人でした。

智樹の読み書きが遅れている様子を見ても、「勉強が遅れているから」「努力が足りないから」と考えていたようです。

いつの日か「ママが過保護だからじゃないの？」と言われたこともあります。確かに私は、息子たちがかわいいあまり過保護にすることが多かったので、そのときは自分を責めたりもしました。

夫も悪気があって言ったのではなく、「自分の子どもがなんで？」となかなか受け入れることができなかったようです。もちろん、父親として智樹を少しでも元気にしてあげたいと頑張ってくれていましたが、私たちはふたりとも、識字障害を知るのにも、受容するのにもかなりの時間がかかってしまいました。

父◆高梨浩昭《ひろあき》

学習障害や発達障害への理解がない「時代」

智樹が小学校に通っていた頃は、発達障害や学習障害というものに対して、世の中の理解がほとんどない時代でした。学校や先生を責めているのではなく、まだそういう時代だったということです。

長男が小学生だった頃にも、いわゆる「落ち着きのない子」はいましたが、「発達障害」という言葉は聞いたことがありませんでした。

私も発達障害や学習障害のことは、ほとんど知らなくて、学校で字が読めない、書けないと言われる智樹のことを「ちゃんと勉強していないからだろう」と思っていました。智樹に障害があるなんて、想像すらしていなかったのです。まわりと比べて「努力が欠けているから

1

僕と識字障害

読み書きができない」「大人になったら読めるようになるだろう」と考えていて、将来についてもそんなに心配していませんでした。相談した方々に、識字障害の疑いがあると言われてからも、「読める字もあるし、違うのでは？」と認めることができず、ずっと疑いを持っていました。

その後、説明を受け続け、同じような障害の方と接していく機会をいただくうちに、少しずつ「智樹には識字障害がある」ということを受け入れられるようになってきました。

それまで障害がある人と接することも、障害の情報を得ることも少なかったので、ピンときていなかったのかもしれません。それが、智樹とともに、いろいろな障害がある人と接していく中で、私自身の考え方も変わりました。

智樹の子ども時代は日本で発達障害に関する理解が、ちょうど広がってきた時代だったとも言えます。読み書きができなくて「困った子だね」と放っておかれずにすんだのは、まさに発達障害の支援がスタートする時代の波に乗ることができたからだと思います。

2

小・中学校に通っていた頃

先生の「読み上げ」を恥ずかしくて断る

2歳半で周期性嘔吐症を発症した僕は、小学校時代、ほとんど学校に行けませんでした。いつ吐き気が起こるかわからず、症状がひどいときには、病院で点滴を受けなければならなかったので、その都度学校を休まなければなりませんでした。学校に行けても、途中で気分が悪くなることが多く、教室よりも保健室でよく過ごしていました。

そんな日々だったので、文字の読み書きができなくても、それはただ、授業を受けていないからだと思っていました。僕だけでなく、学校の先生や両親も、僕が学校になかなか行けないから、勉強ができないのだと思っていたのです。

2

小・中学校に通っていた頃

僕は中学3年生のときに識字障害の診断を受けましたが、そのときまで、自分はただ単に勉強ができないのだと思っていました。障害があるとは思ってもいませんでした。

まわりの友達は同じ困難を乗り越え、たくさん勉強して、できるようになっているのだろうと思っていました。それに対し、僕は嘔吐症があり、具合が悪くて寝ているばかりだったから勉強ができないのだ、僕の努力が足りないのだと、本気で思っていました。

しかし、5年生のときの担任の先生は、僕がどうしたら文字の読み書きをできるようになるのか、内容を理解するにはどうしたらいいのかをきちんと考えてくれ、いろいろな工夫をしてくれました。

例えば、教科書の文章を読むときに、文章の1行だけを見えるようにして、ほかの行を隠すと読みやすくなることを発見してくれました。

また、漢字にルビをふると読みやすくなることも見つけてくれ、母と一緒に教科書や副教材にルビをふってくれていました。

あとでわかったことですが、当時の担任の先生は、以前に発達障害のある子を受け持ち、発達障害について学んだことがあったそうです。しかし、専門家ではなかったし、「障害」というデリケートな問題でもあったので、両親や僕に障害があるかもしれないということを打ち明けることはしなかったそうなのです。

そんな先生が、僕のためにいろいろな工夫をしてくれている中で、もうひとつ見つけてくれたことがありました。

それは、僕が紙に書いてある文字を読むことはできないけれど、文章を読み上げたら、人並みに理解力はあり、質問に対しても答えられるということでした。

そのことがわかってから、先生はテストの問題などを僕のそばで読み上げてくれるようになりました。

しかしある日、クラスで「なんで、あいつだけ先生に問題を読んでもらっているんだ」という雰囲気になりました。僕はその空気に耐えられず、先生に「クラスのみんなの前で読み上げてもらうのは恥ずかしいです」と、断ってしまいました。

せっかくの先生の好意だったのに、周囲の目が気になり、自分だけが特別扱いを受けることが耐えられなかったのです。当時は自分自身に識字障害があるという自覚がなかったし、クラスメイトも知らなかった頃なので、先生のサポートを受けることに躊躇《ちゅうちょ》してしまいました。

読み上げソフト「棒読みちゃん」との出会い

小学校時代、あまり学校に行けなかった僕ですが、家でうつうつと過ごしていたかというと、そんなことはありませんでした。

体調がよくて元気にしているときには、好きなことをやらせたいと両親は思ってくれていたようです。そのおかげで家では自由に遊び、今の手先の器用さや機械好きにつながったと思っています。

そんな雰囲気の家の中で、パソコンも早い時期から使わせてもらっていました。小学校1年生の頃に、父や兄がパソコンを使っているのを見て、「僕も触ってみたい」とお願いしたのを覚えています。ログインのやり方など最低限のことを教えてもらい、自分でキーボードやマウスを触りながら使い方を覚えていきました。

パソコンを使いはじめた頃は、YouTubeやニコニコ動画などの動画サイトを見て楽しんでいました。この動画サイトが、僕が今でも使う読み上げ機能を知るきっかけとなりました。

ある日、いつものようにパソコンでニコニコ動画のライブ配信を見ていると、動画の中でロボットのような声が聞こえることがありました。なんだろうと思ってしばらく動画を見ていると、配信者のファンからの書き込みを、自動で読み上げている音声でした。

「これはすごい機能だ」と思って調べると、「棒読みちゃん」という無料ソフトであることがわかりました。

「棒読みちゃん」はパソコン上にあるテキストを、ソフトにコピー&ペーストする簡単な操作だけで、人間の読み上げのように合成音声で読み上げてくれます。

「棒読みちゃん」と出会ってからは、パソコンで調べられる情報量が飛躍的に増えました。今までは読むことができなかったウェブサイトで、好きなヘリコプターや特殊車両のことについて調べたり、興味のあるオンラインゲームをはじめたりして、活動域が広がりました。

そのあと、読み上げソフトはほかにもいろいろ試し、声優の方など人間の声で読み上げてもらうタイプのソフトより、合成音声の方が聞き取りやすいとわかりました。

合成音声の方がロボットのような声なので、一聞すると聞き取りにくいような印象がありますが、人間の声だと文章を音の流れで読むので、再生のスピードを速めてしまうと聞き取りづらくなる音があるのです。

その点、合成音声だと文字の一音一音をきちんと発声するので、再生の速度を上げてもきちんと聞き取ることができます。

僕はいつも、だいたい3倍速くらいの速さで読み上げ機能を使っています。不思議と耳で聞いたことはしっかり頭に残り、記憶されます。よく母から「ハードディスクみたいな頭ね」と言われます。

オンラインゲームのためにキーボード入力を覚える

僕がパソコンを使っているというと、文字がわからないのに、どうやって入力しているのかと、疑問に思われるかもしれません。

実際どうしているかというと、キーボードを見ずに入力するブラインドタッチをしています。ここまでできるようになるには、少し苦労がありました。

パソコンを使うようになった僕は、読み上げソフトで文章を理解できるようになりましたが、文字は入力できないので、はじめのうちはテキストで「あ」から「ん」までのひらがなの表を用意しておき、それをコピー＆ペーストして、文章を作っていました。

しかし、それはかなりの労力を使い、時間がかかってしかたありません。当時オンラインゲームをはじめていたので、リアルタイムに対戦相手とコミュニケーションを取れるチャットをやりたいと思った僕は、なんとしてもキーボードで文字が打てるようになりたいと考えたのです。

文字が読めない僕にとって、ローマ字入力はかなりの難関でした。まずは「あ」の発音のキーの位置、次に「い」の発音のキーの位置……というように、はじめは母音の位置を覚えていきました。母音を覚えたら次は、「か行」の発音になる子音のキーの位置を覚えて、母音のキーと組み合わせていく、というようにひとつひとつの言葉を発音しながら、耳から入る音と手の動きを結びつけて覚えていきました。今でも「っ」や「りゅ」「じゅ」などの促音《そくおん》や拗音《ようおん》が入った表記は手間取ってしまいますが、なんとか短い文章を打てるようになりました。

文章が完成したら、一度読み上げソフトで読み上げます。すると、誤字や脱字しているところがわかるので、そこで文章を直したりして完成させます。

僕は国語の授業をあまり受けていなかったので、文法を含めて文章を作ることはいまだに苦手です。そのため、ブラインドタッチができるといっても、長文を打つのはかなりの体力を消耗します。でも、最近は音声入力ができるようになってきたので、文章を作るのもずいぶん楽になりました。近い将来、パソコンやスマートフォンの進化によってキーボード入力が不要になる日も来るのかな、と期待をしています。

英語が聞き取れるようになる

僕は英語を聞き取って、おおよその内容を理解することができます。特に英会話などの特別な勉強はしていませんが、おそらく人より聞き取る力があるので、耳から入った英語を習得しやすいのかもしれません。

英語が聞き取れるようになったきっかけは、小学生の頃にはじめたオンラインゲームのボイスチャットです。オンラインゲームは世界中の人と対戦ができるので、海外の対戦相手とボイスチャットをすることがよくありました。英語の文法はよくわかりませんが、ボイスチャットで英語を聞く中で、「この状況でこの言葉を話すのだから、こういう意味だな」と予測しながら覚えていく感じでした。たぶん幼い子どもが、特に言葉の指導を受けなくても母国語をマスターするように、たくさん聞くことで、状況とともに言葉が頭に入ったのだと思います。

おかげで、今では海外のウェブサイトや動画を見て内容を理解することができます。小学校6年生でドローンをはじめた当時は、日本のサイト上にドローンの情報がまだ少なく、海外サイトにしかありませんでした。動画サイトでドローンの動画を探した際に、英語の動画を見て情報を得ることもありました。実際にドローンを手に入れるときも、機体の情報や輸入の方法などは、海外のサイトを読み上げ機能を使いながら調べました。

もちろん英語が聞き取れないときもありましたが、そんなときは一度英文をGoogleの翻訳ソフトで日本語にし、それを読み上げて理解するなど、ソフトや機能をうまく使い分けて調べていました。

ドローンレースで海外に遠征に行くときも英語で会話します。僕は英文法を理解しているわけではないので、英単語の羅列になっているかもしれませんが、ジェスチャーも取り入れて話していれば、だいたい伝わります。どうしても伝わらないときは、音声翻訳ソフトを使えば大丈夫という気持ちで、英語で会話しています。

日本人は英語に対して苦手意識が強いと聞いたことがありますが、僕はあまり苦手意識がありません。文字の読み書きが困難なのは変わりませんが、日本語と英語に差はありません。僕は日本人で日本に暮らしていますが、幼い頃から文字（日本語）が読めなかったので、異国で文字が読めないのと同じような環境で過ごしていました。なので、英語の文字と対面しても、日本語の文字と対面しているのと同じ感覚なのです。苦手意識がないおかげで、英語や英会話にも積極的になれ、海外の人ともコミュニケーションが広げられたことはかえって幸運だったかもしれません。

みんなで悩んで決めた中学進路

小学生時代は学校よりも自宅で過ごすことが多く、当時は無意識ではありましたが、自宅での遊びや趣味を通して独自に読み書きの困難とつき合ってきました。

そんな僕も、小学校から中学校へ進学するにあたり、2つの選択肢で悩みました。ひとつは地元の普通校の公立中学に進学すること。もうひとつは、少し遠くなるけど、病院に併設している特別支援学校に通うという進路でした。

当時はまだ、「養護学校」を特別支援学校と呼ぶようになって、間もない頃です。僕が進路として考えていたその特別支援学校は、病院に入院している子どもたちが通うために作られたところで、車椅子の子や寝たきりの子などもいます。僕もはじめは識字障害の支援のためではなく、周期性嘔吐症があって通学が難しいからという理由で、どちらがよいか悩んでいました。

ただ、この特別支援学校は、入院している子を受け入れることを主な目的としているので、通学できるくらいの子であれば、できれば地元の公立中学校に進学してほしいというのが学校側の意向でした。

地元の公立中学校も、僕のために個別に教師をつけて特別クラスを作るとか、教室に今までなかったエアコンを設置するなど、僕が通えるための支援策をいろいろと考えて提示してくれていました。

でも、僕は進学するなら、地元の公立中学校でないところがいいと思っていました。

一般的には、特別支援学校より普通の学校に通いたいと思うのかもしれません。でも僕は、友達と一緒に通学しても、学校についたら自分だけが特別クラスに行くというのは嫌でした。僕だけが「支援が必要な子」とクラスメイトに思われるのは耐えられないと思ったのです。そんなことになるのであれば、進学を期に少し遠くても、特別支援学校に行きたいと考えていました。

しかし、僕ひとりの考えだけで、重要な進路を決められません。両親からは将来のことを見据《す》えた意見ももらいました。

例えば、特別支援学校を卒業することによって、「特別支援学校卒業」という学歴が残ることに懸念を感じていたようです。特別支援学校卒業ということ自体は何も問題はないはずなのですが、一方で差別的な見かたをする人がいないと言い切れないのも現実です。親心から僕が将来、就職活動をするときなどに学歴が足かせになってしまってはいけないと思ってくれたのでしょう。

その後も、先生や両親、特別支援学校とも何度も話し合いを重ね、最終的に「在籍は地元の公立中学校。通うのは特別支援学校」という結論に至りました。

僕が希望していた特別支援学校は、病気で入院中の子が短期間だけ通うこともできるところだったので、入学と卒業を地元の公立中学校でおこなえば、学歴上は地元の公立中学校卒業とされるのです。公立中学校に籍を残すためには、月に1回くらいは学校に顔を出さないといけませんが、基本は特別支援学校で個別指導を受けられました。中学校の進路で僕が選んだのは、みんなで悩みに悩んで導き出した道でした。

公立中学校に行くことがストレスに

地元の公立中学校が指定する制服から靴、ジャージまでを買い揃えて、僕は地元の中学校に入学しました。その頃、母は僕が望む特別支援学校への進学を応援してくれていましたが、父はできれば、なるべく早く地元の中学校に戻ってそのまま通うことを望んでいたそうです。

入学式を終え、クラスに戻った僕が一番最初にしたことは、みんなの前に出て「今はこの学校に来ているけれど、体調が悪いから、入院して別の学校に通います」という説明でした。小学校の頃からほとんど学校に行けず、人間関係ができずに浮いている中で、いきなり30名のクラスメイトの前で、自分の事情を説明するのは辛かったのを覚えています。

公立中学校でのクラスには、小学校が同じだったクラスメイトは半分くらいで、残りの半分は別の小学校から入学してきた生徒たちだったので、僕の病気のことを知らない人がたくさんいました。

月に1回だけ学校に顔を出す僕に対して、「どうしてなの？」と聞かれたり、体調を崩して遅れて登校すると「なんで、遅れてくるの？」と尋ねられたりするのがストレスに感じるようになっていきました。

見た目でわかりにくい周期性嘔吐症や、読み書きが苦手な症状に対して、僕自身なぜそのような病気や症状になったかわからないのに、病気について何も知らないみんなに毎回説明をするのが大変だったのです。

公立中学校に籍を置くためには、月に1回は学校に顔を出すという約束でしたが、クラスメイトと顔を合わせるのが怖くなり、教室に入ることができず、職員室にだけ寄って帰るようになりました。そして、しだいに学校に行くことができなくなりました。おそらく約半年間、計5回くらいは顔を出しましたが、ものすごく嫌だったという記憶があります。

そうして地元の中学には半年ほどしか顔を出さず、僕は特別支援学校をメインに通うようになりました。特別支援学校の方がずっと居心地がよくて、卒業も特別支援学校卒でいいと思うようになりました。

「智樹を前例にしてください」

特別支援学校に通いはじめた頃、学校側は決してウェルカムな状況ではありませんでした。僕の通った県立の特別支援学校は、そこでの教育を必要としている子どもが多いのに対し、学校側は人手が不足していて、受け入れ可能な子どもの数が限られていました。

入学ができるか特別支援学校側と話し合いをしているときに、「僕を受け入れることで、その分、誰かがあぶれてしまう。それに、緊急で入院してくる子も受け入れないといけないので、余裕がない」と言われていました。

そのため、中学1年生の頃は、臨時対応ということで授業を受けさせてもらっていました。臨時対応は午前中だけの短時間で、国語、数学、英語の3教科だけを学習していました。

僕が中学1年生のあいだは、両親が特別支援学校にかけ合い、僕を受け入れてくれるように説得を続けてくれていました。学校側は、通学できる子を入学させた前例がなかったため、なかなか通常の対応ができずにいましたが、「どうか智樹をその前例にしてください」と訴えてくれていたそうです。

その甲斐もあって2年生からは、朝から6時限の授業がある通常のクラスに入ることができ、全教科の授業を特別支援学校で受けられるようになりました。1年間かけて学校と話し合いをしてくれた両親には、感謝しかありません。

特別支援学校の授業は、教師ひとりに対して生徒ひとりの個別指導でした。生徒それぞれに専用の時間割を作ってもらえ、理解度に合わせた授業を朝から夕方までやってもらえます。

僕は社会や理科はそこそこできたのですが、国語と数学と英語はまるでダメでした。そこで、できない教科を時間割にたくさん入れてもらい、僕にわかりやすい方法で指導してくれるのです。

僕は学習に遅れがあるだけでなく体調も不安定だったので、その遅れを取り戻すためには、公立中学校や塾では対応しきれなかったと思います。

その点、特別支援学校の先生方は病気や障害がある子どもたちの対応に優れていて、僕の体調に配慮しながら、かつ理解しやすい学習方法をあれこれ工夫してくださり、識字障害の僕に合う学習法を導き出してくれました。

担任の先生以外にも、教科ごとに違う先生が指導してくれていたのですが、先生同士の連携も取れているため、僕の事情をどの先生も把握して、丁寧に指導してくださいました。

もし何の対策もせず、大人数の普通学級の中に入っていたら、読み書きができないまま、ますます学力が低下し、高校受験どころではなかったかもしれません。

僕には「識字障害」がある？

中学2年生になっても、文字の読み書きが難しく、計算も苦手だという僕の様子を見て、ある日、特別支援学校の担任の先生から、「髙梨君には識字障害や計算障害があると思う」と言われました。これまで、どうやっても書けないし、読めないし、なんでだろうと思っていましたが、そんな障害があると知って詳しく調べてみました。すると自分に当てはまる特性が多く、「僕は絶対コレだ！　この障害だったんだ！」と思いました。今までわからなかった原因がはっきりとわかり、「あんなに辛くて大変な文字の読み書きを、みんなが感じていたわけではないんだ！　僕だけが大変で、自分を努力不足だと責める必要はないんだ」とモヤモヤが晴れていく感じがしました。

普通に暮らしてきたつもりの僕が、ある日突然、「あなたには障害があります」と言われたことには、確かに少しショックを受けました。しかし、それ以上に「そうだったのか」という納得の方が大きく、原因がわかったことで「よし、これから頑張ろう」と希望さえ感じました。

識字障害の存在を知ってからは、担任の先生の提案で、パソコンを使って授業を受けるようになりました。パソコンは小学生の頃から使っていて文字も打てるし、読み上げソフトを使って文章を理解することができたので、授業を受けることが楽になりました。

授業のノートも手で書くより、タイピングの方が断然速く書くことができたので、パソコンでノートを取らせてもらいました。それをプリント出力して、ファイリングすることで残していきました。今までは授業を受けてもノートを取ることができず、いつも白紙のノートが残るだけでしたが、パソコンでノートを取ると、今までに体験したことのない達成感を得ることができました。ノートのファイルが蓄積されて残るのは、「勉強している」という感じがしてうれしかったです。

ノートは出力すると読み返すことができなくなるので、授業は録音もさせてもらい、復習をするときはその音声を聞き返して勉強していました。

授業の受け方を工夫しても、なかなか上達しないものもありました。ひとつは漢字の誤字です。パソコンで入力した文章は、読み上げソフトで読み返して、誤字がないか確認をするのですが、漢字の変換ミスは読み上げの音だけではわからないので、スルーされてしまうのです。また、句点や読点をつけるのも苦手です。これも会話や読み上げでは意識されない概念なので、とても苦労しました。

数学の授業では、式の概念は理解できるのですが、計算ができないことがわかりました。僕の場合、数字は読めても計算ができないので、診断は受けていませんが、おそらく「計算障害」もあると思っています。その特性を先生も理解してくれ、計算式が自分で作れるのなら、計算の部分は電卓でやればいいということになりました。

中学で特別支援学校に行ったことの最大のメリットは、パソコンや電卓を使って、自分に合う学習法を見つけられたことです。おかげで、学習の遅れを取り戻すことができ、さらに学習意欲も身につけることができました。

高校進学なんて夢だろうと思っていた僕が、高校に行きたいと考え、その目標に向けて受験勉強を頑張ることができたのも、特別支援学校の先生方のおかげだと感謝しています。

母◆高梨朱実

わが子に合う環境を選ぶ

智樹の小学校の頃の教頭先生は、近隣の特別支援学校から赴任して来た先生だったこともあり、智樹の体の具合や学習の遅れを気遣ってくれ「中学校は特別支援学校に進んではどうか？」とすすめられました。その言葉を聞いて、当時の私は大きなショックを受けました。

特別支援学校は、重い病気や障害などがあり、まわりの支援が必要な子どもたちが行くところと認識していたので、うちには関係ないと思っていました。智樹の周期性嘔吐症は入院するほどのものではなく、学習の遅れも取り戻せるものと思っていたので、まわりの支援が必要なほど重いものとは考えていなかったのです。

2

小・中学校に通っていた頃

そもそも、特別支援学校に行くと、どんな教育を受けられるのかもわからなかったため、一度特別支援学校に入ってしまうと、「障害者」というレッテルを貼られてしまい、高校や大学への進学や、その先の就職が難しくなってしまうかもしれないと不安に思ってしまったのです。

当時は私自身に、障害に対してや、特別支援学校へ行くことへの差別意識が、自覚なくあったのかもしれません。悪気なく障害者と健常者とを分けて考えてしまっていたのだと思います。

大きなショックを受けた私は、自分だけでは抱えられずに、実家へと向かいました。私の両親に、智樹が特別支援学校への進学をすすめられたことを相談して、「そんなはずはない」と共感してもらい、あわよくば一緒に反論してほしいとさえ思ったのです。

しかし、私の父からはまったく反対のことを言われました。

「環境によって、その子のモチベーションが変わることがある。その子に合う環境を選んであげた方がいい」と言われたのです。


父は戦後の混乱期に子ども時代を過ごしていて、当時の学校は1クラス60人もの大人数だったそうです。そんな時代の父のクラスに、弱視の友達がいましたが、大勢の中で先生に構ってもらえるわけもなく、勉強に遅れが出ていじめられるようになってしまったそうです。

そこで、その子は盲学校へと転校することになりました。全盲の子も多い学校で、弱視の彼はまだ見える方のため、みんなに勉強を教えてあげる立場になることができたそうです。

2

小・中学校に通っていた頃

きっと自信もついたのでしょう。その後はぐんぐんと成績が伸びていき、いい学校への進学も決まって、立派な仕事に就いたというのです。

父の話を聞き、親のエゴで学校を選ぶのはおかしいと気づきました。学校に通うのは智樹本人です。その頃には、智樹自身も普通校より特別支援学校への進学を望んでいたので、本人が望む道を選ばせてあげるのが一番いいと考え直しました。

もしあのとき、父に相談を持ちかけていなければ、かたくなに地元の公立中学校への進学にこだわってしまい、今の活き活きとした智樹はいなかったかもしれません。

父◆高梨浩昭

先生方の支援に感謝したい

当時は智樹を特別支援学校に通わせるかどうか、本人とともに悩みましたが、義父の助言もあり、今では最善の選択ができたと感じられています。

特別支援学校の先生が、ほぼマンツーマンで指導してくださったことにより、小学校時代にはほとんど勉強についていけなかった智樹の学力を、かなり押し上げてくださいました。中学に入った時点では、高校進学なんて夢のまた夢と思っていた智樹を高校受験ができるまで支援くださったことには感謝しかありません。

しかも、パソコンを使用するなど識字障害がある智樹に合った学習方法まで見出してくださり、手厚くフォローしてくださいました。このことが智樹の学習意欲にもつながり、今の智樹の糧となっていると思います。パソコンを使った授業は、ほかの生徒とは別の準備や対応が必要だったでしょうに、快く対応してくださり、本当にありがたく思っています。

いろいろなことを吸収していく多感な時期に、素晴らしい先生方との出会いがあり、智樹はとても幸せ者だと思います。素晴らしい先生方にお会いできた、ご縁に感謝したいと思います。

VOL.
1

どの子も幸せになる権利がある

小学生時代の担任　冨岡《とみおか》　薫《かおる》

私が5年生担任として出会った頃の智樹君は、漢字がほとんど書けず、ひらがなの読み書きがやっとという状況でした。難治性《なんちせい》の周期性嘔吐症もあり、病弱でほとんど学校に来られていないと聞いていましたので、どのように学習支援をしていくべきか悩みました。

当時はまだ教育現場に識字障害の概念が浸透していなかった頃でしたが、私は智樹君と出会う数年前に、広汎性《こうはんせい》発達障害の子を担任したことがあったため、智樹君の様子を見たとき、もしかしたら学習障害かもしれないと思いました。

発達障害の中でも学習障害はその特性に応じた対応法が多岐にわたるために、専門的な知識が必要でした。現在は文部科学省の指導書解説にも主な指導方法の例が記載されていますが、当時はそういうものもなく、周囲に知識がある人も少なかったので、手探りでいろいろなことを試しました。

まずは教科書にルビをふり、目に入る情報量を減らすため細い窓をあけた紙を重ねて1行だけを読むなどの方法を試しました。その中で智樹君にとって一番効果的だったのが「読み上げ」でした。

ある日、学校を休んだ子を集めて算数の補習をするときに、問題を読んで説明すると、智樹君はすぐに理解できたのです。説明すると理解ができるし、むしろ問題処理が速く、一度理解したら忘れませんでした。いろいろな授業で試し、理科のテストでは読み上げの支援をすると100点近い点数を取ることもありました。このとき、「彼は決して勉強ができないわけではない」と確信しました。

「もしかしたら、智樹君には読み書きの障害があるのかもしれない」と思いました。しかし、「障害」という言葉は慎重に扱う必要があります。本人や保護者の方に伝えたときに、相手を傷つけてしまう可能性もあり得ます。私は専門家でも医師でもありません。智樹君やご両親との信頼関係を崩してはならないと思い、その言葉を使うことはできないと思いました。

学習が遅れていた智樹君は、「どうせ僕はダメだ」とよく言っていました。クラスメイトと比べて学習が遅れている自分に、自信をどんどん失っていってしまったのでしょう。私はそのたびに「ダメじゃないよ」と言い続けました。「人間誰でも何か苦手なことはあるけれど、なにかしら素晴らしいものも持っている」ということを智樹君にわかってほしかったのです。

しかし、学校の通知表は学年ごとの評価基準に基づく絶対評価なので、欠席の多い智樹君には、どうしても悪い成績がついてしまいます。そこで、私は校長先生に頼み込んで、智樹君専用の成績表を作りました。智樹君と一緒に勉強した項目を中心に、できたことがストレートに伝わるようなものや、勉強以外で頑張っていたことを選び、項目ごとに示したものをパソコンできれいに仕上げて、通常の通知表に挟んで渡しました。

どの子も幸せになる権利があり、夢や希望を実現することを保護されなければなりません。みんな活き活きとして、今も将来も幸せになる力を持ってほしいというのが、教師としての私の願いです。

「障害」という言葉を「課題」と置き換えたら、誰しも大なり小なり課題を持っているはずです。ひとりひとりのよさや課題をお互いに理解しあい、困っている仲間がいたらよき理解者となれるような子が育つように、私はこれからも教育の現場で頑張っていきたいと思います。

卒業後の智樹君が、支援学校の先生の指導や東大の支援チームのサポートを受けて、高校に合格し、現在も得意な分野で活躍されていると聞きました。前を向いて頑張れば、助けてくれる人があらわれるとわかって自分のことのようにうれしかったです。

智樹君とご家族がずっと前を向き続けたからこそ今があるのだと思います。智樹君がこれからも前を向いて、自分の人生を大きく切り開いていけるよう、影ながら応援しています。

VOL.
2

「できないことを頑張る時間」は端折《はしょ》ってもいい

中学生時代の担任　宝子山《ほうしやま》尚生《ひさお》

私は、智樹君が神奈川県立秦野養護学校の中学部2年生と3年生のときに担任をしました。秦野養護学校は病弱のお子さん方が通う学校で、彼には嘔吐障害があると聞いていました。

養護学校には、毎年いろいろな病気や障害を持っている子が入ってくるので、そのつど教師は細かく勉強をします。教科書などの文章を読むのにかなり時間がかかり、自分の名前を漢字で書くことも難しい智樹君の状況を見て、「学習障害があるかもしれない」と思い、専門研修会に参加しました。

その中で、学習障害の研究者である筑波大学の宇野《うの》彰《あきら》教授と出会い、検査をしていただきました。その結果、「識字障害」「書字障害」があるのがわかりました。

本人はそのことをかなり早く受容していましたが、ご両親は受け入れるのに少し時間がかかっていた様子でした。一説によると、自分や自分の子の障害を受容することは、自分の配偶者が死ぬことを受容するのと同じくらい大変なことだそうです。また私の経験からも、重度のお子さんに比べ、軽度のお子さんだと、親御さんが障害をなかなか受け入れられないことが多いのです。智樹君みたいにいろいろなことができると、「この子はなんとかなるのでは？」「障害ではないのでは？」と思われるのも当然だと思います。

視力が弱い人がメガネをかければ大丈夫なように、智樹君の学習はパソコンなどの機器を活用すればハンディを補えることがわかり、授業を工夫していきました。「DAISY（デイジー）」という読み上げ教科書や電卓も使うようになると、どんどん学習が進みました。

ひと昔前の障害児教育は、車椅子をこぐのが大変な子に車椅子を動かす訓練をさせたり、聴覚障害のある子に聞こえにくい聴力を頼りにした口話法（聞き取り・読話・発語で指導やコミュニケーションをする）を学ばせたりすることに重点が置かれていました。しかし、現在では電動車椅子を使えばみずからの意思で動けて移動にも時間がかかりませんし、手話を使った方が学習内容を理解しやすいと言われています。そのように私たち中等部の教員は「できないことを頑張る時間」は端折り、便利なものや使いやすいものをどんどん使って、彼に合う学習法を見つけていきました。

その後、秦野養護学校での研修会に東大の先端研の中邑賢龍《なかむらけんりゅう》教授が講師でいらしたので、智樹君のことを相談しました。すると「うちにおいでよ」と誘っていただき、中学卒業間際に智樹君と一緒に先端研に伺いました。中邑先生のところでは「DO-IT Japan」という、病気や障害がある子を自立させるためのプロジェクトを教えていただきました。また、識字障害を持つ助手の方がいて「このソフトを使うといいよ」などとも教えてくださいました。

中邑先生は、はじめて智樹君と会った日に「(読み上げソフトなどを使えば)これくらいの本は読めるだろう。もっと勉強しないとダメだよ」と発破をかけてくださり、「学校教育が合わない子もいる。学校は行かなくてもいい」とも言ってくださいました。

中学から高校という転換期に、特性に合う学習法を見つけられ、東大の先端研をきっかけに、その後の方向性を示せてあげられたことはよかったと思います。

「できないことを頑張る時間」は端折ってもいい

障害の特徴はひとりひとり違います。そのため、親や教師がその子の様子をよく見て、どこにバリアがあるのか、それを取り除くには何をすればいいのか、ということをともに探してあげることが大切だと、智樹君からも教わりました。

ご両親の深い愛情のもとで大きく成長した智樹君。世の中のために働いている今の姿に、とても感動しています。

3

高校に通っていた頃

「読み上げあり、代筆なし」で高校入試を突破

高校受験のときは志望校を決めるのにかなり悩みましたが、体力的なことも考えて、授業時間が短い神奈川県立の定時制高校を受験することにしました。定時制といっても夜間ではなく、午前と午後で生徒の入れ替えがあるシステムで、僕は午前中のクラスを希望しました。

この高校は、県下で1番に競争率が高い定時制高校で、全日制高校を合わせても、2番目くらいの競争率でした。

僕は、受験の勉強はもちろん頑張っていましたが、そのほかに成績が優秀だったとか、スポーツが得意などのアピールできることが少なかったので、どうしたら合格に近づけるか考えていました。

そこで僕は、みんなが手にする受験番号の「1番」を手に入れようと思いついたのです。受験番号は「1番」でも「100番」でも優劣の差はありません。しかし、アピールできるものの少ない僕には、この学校に入りたいという意欲を示すために、「1番」の受験番号が必要だと考えました。

受験の願書申し込みの日は、朝から雪が散らつく日でした。寒さに震えながら、誰よりも早く願書を提出するために、朝早くから校門の前で待っていました。

すると、やせっぽちの僕が、ぶるぶる震えながら外にいる姿がかわいそうだったのでしょう。学校の事務所の人が僕のことを見かねて、学校の中に入れて待たせてくれました。

僕が高校受験をした2014年は、教育現場で障害のある方に対して合理的配慮の必要性がうたわれはじめた頃でした。当時は識字障害の対応例は1～2例しかなく、身体障害がある方が受験時間を区切って受験できる対応や、トイレ休憩を多くできるなどの対応が、全国で少しずつ登場してきた程度の頃でした。

そこで、僕の高校受験についても県の教育委員会が検討してくれて、神奈川県ではじめて高校受験に識字障害のサポートがつきました。協議を重ねた結果、受験の際に許された補助は「問題の読み上げのみ、代筆は認めない」というものでした。僕は書字の障害もあるので、なかなか厳しい条件でしたが、読み上げが認められただけでも大きな成果でした。

試験はほかの生徒とは別室で受けました。生徒の僕ひとりに対して、読み上げる補助の先生と試験監督、支援監督、加えて教育委員会の方が5人、計8人の大人に囲まれ、試験をおこないました。会話はなく、むしろ私語が許されない雰囲気で、かなり緊張しました。

いざ試験がはじまると、問題を読み上げる時間が思った以上にかかり、最後の問題までたどり着けない科目もありました。でも、読み上げ補助はとても助かり、なんとか無事に最後まで受験を終えることができました。

きょとんと立ち尽くした合否発表

高校の合格発表は、受験者全員が体育館に集められ、ひとりひとり呼ばれて合否入りの封筒を渡されるというものでした。みんな、その場で封筒をあけて、「やったー」と歓声をあげたり、肩を落として落ち込んだりしています。

まわりがそんな状況の中で、僕も封筒をもらい、みんなと同じようにその場で封筒をあけたのですが、僕はその場できょとんと立ち尽くしていました。

もうおわかりかと思いますが、僕は字が読めないので、そこに書いてある合否の結果が読めなかったのです。結局その場では合否がわからず、近くにいた両親のもとへ行き、「これ、なんて読むの？」と聞いてはじめて「合格」していたことがわかりました。

このとき僕は、これからの合否通知は誰でもわかるように、合格なら「赤」、不合格なら「黒」のような色分けや、「○」「×」などのマークにすれば、みんながわかるのに、なんて考えていました。

そんなことを考えながら、人よりワンテンポ遅れて合格の喜びをかみしめていました。

僕が高校に合格することができたのは、中学の先生や両親、受験の補助に対応してくれた高校や教育関係者の方々など、たくさんのサポートがあってのことです。決してひとりでは成し遂げられないことでした。今でもとても感謝しています。

パソコンを使っての授業

晴れて入学できた神奈川県立の定時制高校は、朝9時から昼13時までの午前の部と、14時から18時までの午後の部があり、合間の昼間の時間に合同で部活動をするという仕組みでした。どちらも1日の授業時間が短いので、3年間ではなく4年間で卒業するという制度の学校でした。

僕が選んだ午前の部には、午後から夜までバイトで働いている生徒もいました。午後の部は、朝起きられない人や、夜勤で働いている人、中卒で社会人をやっていたけど、やはり高校に通って勉強したいという人もいました。いわゆるやんちゃなタイプも多くて、正直、学校のガラはあまりよくありませんでした。

外国籍の生徒も多くいました。本人は読めても、日本語の読めない保護者のために、学校で配られるプリント類にはすべてルビがふってあり、僕にとってはとても助かりました。

高校の進学先を選ぶにあたっては、授業でパソコンを使用できるかどうかも、ひとつの目安でした。学校によって「前例がないから」と断られるケースや、「特別扱いすることが難しい」という反応が多かったです。中には「コンセントがないから無理だ」と言われ、充電できるノートパソコンだからと伝えても「困ります」という対応をされたこともありました。

3

高校に通っていた頃

そんな中で、僕が選んだ定時制高校は、校則の自由度が高い学校でした。例えば、制服は標準服として式典などの日のみの着用でよく、普段は私服で通学が許されていました。スマートフォンも授業に持ち込みが可能でした。そのため、授業でパソコンを使うことも割とすんなりと許可してくれました。

ちょうど僕が高校1年生のときは、障害のある人の機会や待遇を平等に確保する「合理的配慮」の義務づけの走りの頃で、神奈川県の教育委員会が間に入り、僕の勉強方法について配慮してくださったりもしました。

授業で使用する資料やプリントは先生が印刷する手間がないように、授業時にUSBでデータをもらっていました。そして、ワードやエクセルで授業を受け、授業終了時に上書き保存したものを先生に提出。それを先生に見てもらうという授業の流れでした。のちには、前日に先生からメールでデータをもらえるようになったので、予習もでき、授業後はメールでデータを送信すればよかったので、やりとりやデータ管理が楽でした。

データでもらう資料は、読み上げソフトで内容を理解していましたが、ときどきコピーしたものなど、紙でしかない資料が配られることもありました。そんなときは、補助の先生がついて読み上げてくれました。

補助の先生は、僕が体調を崩して学校を休んだ日も授業に出て、ノートを取ってくれ、後日登校したときにそのノートを渡してくれました。

担任や副担任の先生はもちろん、補助の先生まで、わからないことがあれば時間外になっても丁寧に教えてくださり、本当に助かりました。

はじめは勇気が必要だった30名のクラス

中学時代の特別支援学校では、先生と僕で1対1の授業をしていたので、高校に入ってからいきなり30名クラスに入るのは、ちょっと勇気が必要でした。

入学当初、教室でひとりパソコンを取り出して授業を受けるのは、中学時代にいろいろ質問攻めにあったことを思い出して、ちょっと怖かったのですが、その学校の生徒たちは、病気に限らず、経済的な事情や家庭事情など、さまざまな事情を抱えている人たちが多かったので、僕がパソコンを開いていても「きっと何か事情があるんだろうな」と察して、そっとしておいてくれることがほとんどでした。

誰かが言っていたわけではありませんが、「自分が言いたくないから、人の事情も聞かない」「本人が言うまで待つ」「理由はみんなそれぞれあるから突っ込まない」というのが、暗黙のルールとなっていたようです。当初の僕は、その空気にだいぶ救われました。

その後は僕もだんだんとクラスにうち解けていくことができ、僕がパソコンを使って授業を受けている理由を、クラスメイトには理解してほしくて、休み時間にひとりひとりに説明するようになりました。

そして、高校に入ってから、周期性嘔吐症の発症がかなり減っていきました。今振り返ると、クラスの雰囲気が僕に合っていたことに加え、授業時間が短かったこともよかったのではないかと思っています。

僕が通っていた定時制高校は時間が午前と午後で区切られているので、自分のペースに合わせて学ぶことができました。

3

高校に通っていた頃

例えば、今まで朝に起きるのが苦手だった生徒が、午後の部に通うことで、授業に出られるようになり、成績があがって気持ちに余裕が出るようになったと言っていました。

僕も、中学までは昼からしか学校に行けない日が多くあったので、午前中だけとはいえ、はじめは毎日朝から学校に行けるか不安でした。

しかし、朝登校しても、お昼で帰ることができると考えると、それだけで気分が楽になり、無理なく通うことができました。授業もひとコマ45分と短く、4時限までという少なめな時間割だったので、負担が少なかったのだと思います。

朝から夕方までの授業を受けるという通常の学校の形態は、環境が合っている子にはいいけれど、合わない子がいてもおかしくありません。規定どおりにできなくても、「なんであなたはできないの？」と責め立てるのではなくて、「これはやらなくてもいいんじゃない?」と合わないものを取り除いてあげられたなら、生きにくさを少し減らしてあげられるのかもしれません。

定時制高校は、まさに僕のようなタイプにぴったりの環境で、毎日無理しないで通えたのがとても心地よかったです。

このように、高校のストレスの少ない環境や時間のおかげで、僕の周期性嘔吐症は和らいでいったのだと思っています。

予習をして復習はしない勉強方法

高校の授業に慣れてくると、自分のやりやすい方向へと勉強方法も変わっていきました。高校に入ったはじめの頃は、授業の音声も録音しておいて復習するときに聞いたりしていましたが、しばらく経つと復習はせずに、予習だけを重点的にするようになりました。

先生方から、授業の前に資料のデータをもらえるので、授業に必要な知識をあらかじめ頭に入れて予習をしておきます。予習をすると、授業が理解しやすくなり、先生の解説に納得できると、ストンと脳の引き出しに入っていくように、授業内容を忘れにくくなります。うまく理解ができると、1度で記憶に刻まれて、忘れないようになります。

テスト前の復習は、はじめはやっていましたが、何回かやり方を試していくうちに、やってもやらなくてもあまり変わらないことがわかったので、復習はしないようになりました。

復習しようとしても、予習と授業の解説で知識がすでに脳の引き出しにぴっちり入っていて、追加で同じものを入れようとしても入らないイメージなのです。

この方法が確立したのは高校生からですが、小中学生の頃から、どこかに遊びに行くときや何か新しいことをするときは、事前にいろいろなことを調べてから行動に移すことが好きだったので、そのことが高校の授業の受け方にも活かせたのだと思っています。この事前に予習をしておく習慣は、今の仕事をするうえでも役に立っています。

3

高校に通っていた頃

はじめてかけがえのない友人に出会う

高校生活では、中学ではできなかった部活に入りました。もともとカメラや映像に興味があったので、放送部を選びました。放送部は学内でも人気の高い部活で、入学式や文化祭、体育祭のような大きな行事で見せ場のある花形の部活でした。

機械いじりが得意だったこともあり、部活での役割は機材の担当になりました。入学式や卒業式では、部員同士がインカム（ヘッドセットやイヤホンがついているトランシーバー）で連携を取りながら、保護者向けにスクリーンで生徒の顔を映し出しました。初心者には機材の扱いが難しいと言われていたのですが、僕はラジコンのコントローラーの扱いに慣れているからか、すぐにできるようになりました。

高校の4年生のときには、晴れて放送部の部長になり、いろいろな人に助けられながら部活を引っ張っていきました。生まれてはじめての部活は、気の合う仲間や後輩もできて楽しく過ごすことができました。

クラスメイトでも親友と呼べる友人ができました。その彼は相撲取りのように体格がよく、年中ピンクの半袖Tシャツを着ているやつなんですが、はじめて仲良くなったきっかけは、高校の修学旅行のときでした。

広島への旅行だったのですが、行動をともにする僕のグループの5人のうち、ひとりだけあまり話したことのない彼が同じグループになりました。当時の僕は初対面の人となかなかうち解けられなかったので、グループが決まったときは嫌で嫌で修学旅行に行くのをやめようかと本気で悩んだほどでした。

悩んだ末に結局参加することにしたのですが、その彼とは行きの新幹線の中で、すぐに意気投合したのです。当時の僕の人見知りからしたら、とても珍しいことでした。

当時の僕はドローンで活躍しはじめた頃で、テレビなどで名前や顔を知っている人がいました。彼もそのひとりで、「ドローンをやっている人だよね？」と聞いてきました。人見知りが出て「いや、僕じゃないです」と身構えたのですが、それでも彼は食い下がってきて「ドローンをやってみたいんだよね」と言ってきました。

はじめのうちはめんどくさくて「ドローンはお金もかかるし、やめたほうがいいよ。高校生には無理だよ」と話していたら、かばんから通帳を出し、僕に見せてくれました。彼は自分でバイトをして貯めたお金があり、その額はドローンをはじめるのに十分な額があったのです。

ドローンに対する情熱を感じ、ドローンが好きな僕もうれしくなって「じゃあ、一緒にやろうか」ということになり、そこからドローンや機械やパソコンの話で盛り上がって、うち解けていきました。

彼はパソコンがものすごく得意で、話がとても面白かったのです。先ほどの放送部にも入ってもらって一緒に活動をしました。

あとになって聞いたところ、彼は僕がドローンをやっていることに興味を持ち、修学旅行であえて僕らの班を狙ってグループに入ってきたそうです。

この彼とは今でもよく一緒に過ごしています。頭の回転がものすごく速く、PCスキルがあるので、その特技を活かして、今では僕の会社「スカイジョブ」のホームページを作ってもらっています。また、識字障害がある僕の事情を理解してくれて、仕事のメールを代わりに送ってくれるなど、いろいろなことを一緒にやってもらっています。

ほかにも仲良くなったクラスメイトがいます。彼との出会いによって、僕は精神的にとても支えられました。

3

高校に通っていた頃

僕は、高校へ通学する際に電車とバスを使っていたので、いつも遅刻しないように早めに登校していました。しかし、学校に早く着きすぎると退屈なので、学校から歩いて10分程のところに住んでいる、その友人の家によく入り浸るようになりました。

友人の家族は、仕事で早めに家を出るため、僕が友人の家に着く頃にはもういないことが多く、寝起きの友人に許可をもらいながら、彼の家の電子レンジを借りて、ごはんをあたためて食べるなど、自由に過ごしていました。

僕が高校に通いはじめた頃は、毎日朝から通学できるか不安に思うこともありましたが、何とか4年間を無事に過ごすことができました。

その背景には、毎朝のように家に招き入れてくれ、自由に過ごさせてくれた友人という、心強い存在もあったのです。

中学までほとんど友達ができなかった僕が、部活やクラスメイトとだんだんとうち解けられるようになり、数は少ないですが今も交流の残るクラスの友達もできました。そして、今でも気兼ねなくつきあえる親友ができたことは、僕の人生にとってかけがえのないものになりました。

4

DO-IT Japan
プロジェクトとの出会い

厳しい応募倍率への挑戦

僕の学生時代には、新しい勉強方法や、かけがえのない友人との出会いのほかに、人生の転機ともなる重要な出会いがありました。

それは、東京大学先端科学技術研究センター（先端研）が主催している「DO-IT Japan」というプロジェクトとの出会いです。

DO-ITは「Diversity, Opportunities, Internetworking and Technology」の頭文字を取っていて、「多様性、機会、インターネット活用、テクノロジー」という意味になります。テクノロジー活用を主軸に、自立と自己決定とコミュニティの構築をテーマとして、障害のある児童生徒や学生の進学と就労への移行を支援し、次世代のリーダーの養成を目的とするプロジェクト

4

DO-IT Japan プロジェクトとの出会い

です。

DO-IT Japanと出会ったきっかけは、中学3年生のときに、当時の担任の先生から「DO-IT Japanというプロジェクトがある」という情報を聞いたことがはじまりでした。興味を持っていろいろ調べてみると、障害を抱えた学生が最先端の情報やテクノロジーを得られ、同じ境遇の人とのコミュニティが築けることがわかり、僕もこのプロジェクトに参加したいと思うようになりました。

しかし、このプロジェクトは非常に人気があり、倍率がとても高く、全国からの何千人もの応募のうちから、毎年選ばれるのは10名程度という厳しさでした。

応募資格は、障害あるいは病気によって学びや生活に困難がある、中学生から大学院生までの学生で、選抜は書類審査と面接によるものでした。

提出する書類は、履歴書のようなものと、応募者本人が内容を考えて作成する志望動機や自己アピール、DO-IT Japanからの質問に答える内容のもの、そして他者に書いてもらう推薦書が必要でした。

厳しい倍率でしたが、挑戦したいと思った僕は、すぐに中学の担任の先生と両親に相談し、僕を推薦するレポートと、僕の書く書類のチェックをお願いしました。

なんとか書類が準備でき、無事に提出を終えられると、次はDO-IT Japanの担当者との面接が待っていました。

後日、DO-IT Japanを担当する教授がみずから僕の自宅まできてくださり面接をしました。提出した書類の話をしながら、今までの僕の病気と普段の生活や学校生活についての話をし、自己アピールでは、ドローンの操縦や、自宅のパソコンで読み上げソフトを駆使している様子を披露しました。できる限りのことはやって面接を終えることができ、その思いが通じたのか、後日に連絡があり、見事合格することができました。

僕は、高校1年生の夏休みに、2014年度のDO-IT Japanのプロジェクトへ参加することとなりました。

集合から自立のプログラムがはじまっていた

僕の参加したプログラムは、1週間の泊まり込みでおこなうものでした。当日の集合場所までは、父と電車で向かったのですが、そのときにとても印象的な出来事がありました。

待ち合わせ場所に到着し、父も見送りをするために、みんなが集まっている場所まで一緒に向かいました。ちょっと離れた場所で父は見送りをしようとしていたのですが、そこで担当の教授とばったりと出くわしたそうです。

すると教授は父に向かって「お父さん、なんで来たんですか」と開口一番に言いました。その顔は真剣で、少し怒っているようにも感じたそうです。状況が飲み込めていない父に、教授は続けて言いました。「参加者は、ひとりで集合場所まで来るように、とお伝えしたはずです」と。

あとでわかったことですが、今回のプログラムの案内には、「集合場所には参加者ひとりで来ること」という但《ただ》し書きがあったのです。僕と父はその案内を読み飛ばしてしまい、「見送りぐらいいいだろう」と軽い気持ちで送ってもらってしまったのですが、DO-IT Japanでは集合する時点から参加者の自立に向けたプログラムがはじまっていたのでした。

帰ってきてから、父にそのときのことを聞くと「あそこまで意識を高く持ってやっているとは思っていなかった。みなさんの真剣さを感じた」と言っていました。

プログラムから得た大きな収穫

僕が参加したプログラムの内容は、1週間のうちにさまざまなトークセッションやシンポジウムに参加することに加えて、大学の研究室や企業への訪問がありました。中でも僕の印象に残っているのは、ソフトウェア開発会社に行ったことです。一般公開前のアクセシビリティ（ウェブサイトなどへのアクセスのしやすさ）系の補助ソフトを実際に使わせてもらい、自分に合うものがあったら、持ち帰って使わせてもらうことができました。そして、実際に使ってみて、「こうしたらもっと使いやすい」などの改善点があれば、それを企業側に教えてほしいとのことでした。

ほかにもプログラムでは、スマートフォンのアクセシビリティの設定や、紙にプリントされた文字のＯＣＲ（文字認識）化のような、これまで独学でなんとなくやっていたことを、きちんと教えてもらうことができました。

スマートフォンやパソコンのアクセシビリティは、本来は視覚障害者向けの機能ですが、僕のような識字障害がある人にも便利な機能です。

ほかにも、読み上げ機能つきのボイスレコーダーや、ＯＣＲ化できるスキャナー、パソコンなどの機材も貸与してくれて、それらは今でも使わせてもらっています。

個人だけでは、知ることができなかった機材や、なかなか気づけないことを教えてもらえ、普段の生活が問題なく自立して過ごせるように学ばせてもらえたのは、とても大きな収穫でした。

改めて認識した自分の障害の重さ

２０１４年度のDO-IT Japanの参加者は、肢体不自由で車椅子使用の人と、精神障害や発達障害の人が数名ずついて、識字障害を持っているのは僕だけでした。

僕はそれまで、自分以外の障害を持った方にあまり会ったことがなく、自分の識字障害の程度もよくわかっていませんでした。なんとか生活できているし、「自分よりも識字障害が重い人がいるかもしれないな」くらいに思っていました。

ところがある日、先端研の教授から「髙梨君の識字障害の程度は、かなり重い方だよ」と言われました。

教授によると、一言で「識字障害」といっても、だいたいの人は「読めないけど、書ける」または「読めるけど、書けない」のどちらかのことが多く、程度も「まったくできない」よりは、読み書きのいずれかが「遅い」程度の人が多いそうなのです。僕のように、読めないし書けないという人はごく一部だということでした。

これまでに出会った人たちは、僕に気を遣ってくれて、識字障害についてはオブラートに包んだような話し方をする方が多かったのですが、先端研の教授方は変に気を遣わず、冷静な指標を示してくれるので、改めて自

4

DO-IT Japan プロジェクトとの出会い

分の置かれている状況が理解でき、とてもありがたいと思いました。

教授方は「君は障害を持っていて、重度だよ」と、はっきり言ってくれたうえで、僕の障害に対して必要な配慮の中の最善なものを教えてくれました。

プログラムの場だけでなく、僕の日常での支援もしてくれました。学校に配慮を求める際は、教科書のデータ化やパソコンの提供など機材的な支援だけでなく、学校側に対する意見交換の場にも積極的に参加してくれました。「こういう状態だから、こうしてほしい」というのは、自分で伝えることがとても重要ですが、もし自分が言ってダメでも、先端研の教授方が後ろ盾についてくれていると思うと、とても心強かったです。

そんなやりとりの中で「これからも、この方たちとお互いに協力し合っていきたい」と強く思い、教授方との信頼関係を築いていきました。

仲間や先輩の話で将来への希望を抱く

DO-IT Japanでは、識字障害だけでなく、いろいろな障害を持つ人たちとの出会いがあり、新しい発見がたくさんありました。障害を持つ仲間や先輩方のエピソードの数々に、僕は勇気と希望を持つことができました。

その中で、僕の心に響いたエピソードが、肢体障害で車椅子を使っている方の話でした。

その方は、子どもの頃からとても便利そうに車椅子を使いこなしていたので、当時の友達が「あの子のような車椅子がほしい!」と親にねだるほど、車椅子の生活をうらやましがられていたそうです。

自分とほかの人を比べて、車椅子の生活を悔やむのではなく、その人は

4

DO-IT Japan プロジェクトとの出会い

ありのままの「車椅子の自分」が自由に、そして素敵に生きることで、周囲の人たちにうらやましがられる存在になれたのです。

僕らは障害を持っていますが、それは「何もできない」「何者にもなれない」のではなく、考え方次第で何者にでもなれるのだということに気づかされました。

ほかにも、僕と同じ識字障害を持つ先輩が、自動車の免許を持っていることや、海外に行って仕事をしている話を聞いて、「そういう未来があるんだ」と希望を持つことができました。

僕は、もともと悲観的に考える方ではなく、「なんとかなる。なんとかできる」と考えるタイプでしたが、DO-IT Japanに参加することで、その「なんとかする」ための具体的な方法や手段が見え、根拠のない自信が確信に変わった気がしました。

支援は自分で作り出せばいい

DO-IT Japanのプログラムでは、自分に必要な配慮や支援は、みずから周囲に求めることを学び、実践で活動していきます。

幼い頃から障害を持っていると、親や教師が先回りしていろいろな支援をしてくれるため、ひとりだけだと何もできなくなってしまうことがあるそうです。

顕著な例だと、車椅子使用の方が、エレベーターを使うときに、手の届かないボタンを誰かが押すまでずっと待っていた、ということがあったそうです。

家族や支援者でない、周囲にいる人に「手伝ってください」とみずから

4
DO-IT Japan プロジェクトとの出会い

依頼することで、自立して行動できるようになるわけです。

プログラムに参加する際も、現地まで親に送ってもらうのではなく、自分の足で来るようにと指示され、プログラム期間中の企業訪問も、全員揃ってのバス移動などではなく、自分たちで公共交通機関を利用しました。

ほかにもプログラムの一環で、僕自身が周囲に支援を求めるには、何をどうしたらよいかを考えました。

僕はテーマを絞り、学校の授業を受けるときに、どんな配慮や支援があると助かるかを考えました。

そのときにあげたのは、教科書を電子化する、ノートは取らず黒板を写真に撮る、先生の話を録音する、聞き取りやすいようにイヤホンをつける、パソコンに読み上げソフトを入れて聞く、という方法を考えました。

そして、先端研の教授のアドバイスを受け、それらを学校で使う方法や、それらの支援の許可の取り方を学びました。

教授方は一緒に方法を考えてくれ、必要であれば、一緒に学校側へ交渉をしに来てくれます。これらのことは、僕だけではなく、ほかの障害を持った子たちにも、同じようにしているそうです。

支援はただ待っているだけではダメで、支援がないのなら、新しいものを作っていけばいいと教えられました。おかげで、高校との支援をめぐるコミュニケーションはとてもスムーズにできたと思っています。

DO-IT Japanで変わったライフスタイル

DO-IT Japanに参加することで、僕のライフスタイルは大きく変化していきました。

特に変わったのは、高校で僕が授業を受けるフォームです。パソコンを使用するのは変わらずですが、片方の耳にはイヤホンをしてデジタル教科書を読み上げソフトで聞き、もう片方の耳で授業をする先生の話や補助の先生のアドバイスを聞くというスタイルになりました。

このとき、普通のイヤホンだと、密閉感が強く、外の音が聞き取りにくくなるので、マラソンをする人たちがつけている、スポーツ用のイヤホンを活用していました。

これだと、読み上げの声も授業をする先生の声も両方聞こえるようになるのです。耳がよく、2~3人の話くらいは同時に聞き取れたので、僕だからできたスタイルかもしれません。

中間や期末の定期テストは、1年生のときは代筆してもらいましたが、パソコンで受けたいと交渉し、2年生から学校のパソコンを使って、別室で受けさせてもらえるようになりました。試験時間もほかの生徒のプラス15分というルールをいただき、延長することができました。

僕が通った定時制高校は、もともと「合理的配慮」に前向きな学校だったというのはありますが、DO-IT Japanに参加したことで、みずから「こんな支援がほしい」「こういう配慮があると助かる」と申し出ることができるようになれたのは、僕にとって大きな成長でした。

言い方やタイミングには考慮が必要かもしれませんが、社会に出てからも、周囲に支援を求めていく術が身についたと思います。支援を受けたら、きちんと成果を出してお返しできたらとも思っています。

4
DO-IT Japan プロジェクトとの出会い

また普段の生活でも、積極的に便利なツールを使うようになり、外に出てもスマートフォンがあれば、識字障害も計算障害も、ほとんど困らないようになりました。

スマートフォンがあれば、街中でも調べ物ができ、読み上げ機能で問題なく内容を理解できます。買い物の支払いは、スマホ決済などのキャッシュレスを使えば、計算もサインも必要ありません。宅配便を送るときも、送り状は事前に登録しておけば書かなくてよく、窓口でのタブレット対応が可能になりました。

これまで、世の中にたくさんある便利なツールと、自分の識字障害のサポートとなるものとのつながりが、なかなか意識できずにいましたが、DO-IT Japanに参加したことで、いろいろなものを試してみようという気持ちになれました。

そのおかげで、僕は以前よりも識字障害の負担が軽くなり、生活がしやすくなったように感じています。以前はさまざまなストレスを感じることも多く、体調も崩しがちでしたが、今では便利なツールたちのおかげで日々の暮らしが快適になり、体の調子までもずいぶんよくなりました。

少し話題がそれますが、この頃から僕の識字障害には波があることがわかってきました。時間帯によって識字障害の調子がよくなるのです。具体的には、おおよそ11時から14時までの3時間の間に、字が読みやすくなるのです。

4

DO-IT Japanプロジェクトとの出会い

このことは、高校を卒業するくらいのタイミングで気がついたのですが、いつもは読めない電車の中刷り広告が、すっと読める日があることに気がついたのです。そのことをきっかけに、日にちや時間帯をいろいろ試し、その結果、どうやら体調がよい日で、朝7時くらいに起きると、11時から14時までは、いつもより字が読みやすくなるということがわかったのです。

これについては教授にも報告しましたが、理由はいまだにわからないとのことでした。僕は、体調によるものと思っているのですが、残念ながら調べようもありません。しかし、このことに気がつけたことは、僕にとって重大な進歩でした。ほとんど文字を読めなかった僕が、数時間とはいえ文字が読める時間があるというのはとてもありがたいことです。

残念ながら理由まではわかりませんが、波の存在をみつけられたのは、

DO-IT Japanと出会い、自分の識字障害に対する認識や関心が高まり、テクノロジーや体調の改善によって生活に余裕が生まれたことが、少なからず影響しているのではないかと思っています。

自動車運転免許への挑戦

DO-IT Japanの教授に相談し、もうひとつ成し遂げたことがあります。それは、自動車の運転免許取得への挑戦でした。

高校生から、ドローンのレース大会に出場しはじめていた僕は、地方開催のレースに参加することも多く、早く車の免許がほしいと思っていました。

4

DO-IT Japan プロジェクトとの出会い

18歳になり、さっそく神奈川県警察運転免許センターに問い合わせ、識字障害があることを伝えると、「識字障害があるということは、道路標識も読めないってことですよね？　それでは免許を取ることはできません」と、きっぱり断られてしまいました。

たしかに免許センターの意見もごもっともです。そこで、先端研の教授に相談することにしました。すると、教授のリサーチで、識字障害を持つ人が運転免許を取得したというほかの県の事例が、いくつかあることがわかりました。その事例では学科試験を受ける際に、試験問題の読み上げと回答を代筆してもらえたケースと、読み上げのみしてもらえたケースがあり、この情報を持って、教習所に事情の説明と相談をしに行きました。

その結果、教習所の方にも納得いただき、受講を許されることになりました。教習所の入学書類は本人の直筆が条件だったので、母に書いてもらった見本をひと文字ずつ確認しながら、人の倍以上の時間をかけて書きました。

教習所の授業では、書く作業を極力減らしてもらい、学科の内容は聞いて覚えました。僕はメモを取らなくても、耳で聞いていれば、ほぼ記憶できるので大きな問題はありませんでした。技能の運転もすんなりと教習が進み、試験勉強は読み上げソフトで教材を読み上げながら頭に入れていきました。

しかし、試験は容易ではありませんでした。試験会場へは教習所の方が事前に連絡を入れてくれたのですが、支援が受けられる障害者枠での受験は、障害認定を受けている方しかできず、僕のような識字障害があることがわかっていても、障害の認定を受けていない人は、一般での受験となってしまうそうなのです。これにはとても困りました。いくらお願いをして

4

DO-IT Japan プロジェクトとの出会い

も許可は得られず、試験は自力で臨むことになりました。

記入はマークシートなので困ることはなさそうでしたが、問題文を読まなければならなかったので、識字障害の調子の波がよくなる11時から14時の時間帯を狙って試験を受けに行くことにしました。

試験当日は、申請書などを直筆で記入し、通りすがりの方にお願いして確認してもらい試験に臨みました。試験は全体のうち10問くらいがイラストを見て判断できる問題だったので、時間の節約ができて助かりました。

おかげで、識字障害の調子のよい時間帯ということもあり、無事に試験を乗り越え、なんとか合格することができました。

支援の課題を感じさせられる出来事もありましたが、DO-IT Japanで身につけた挑戦心と、教授方の協力のおかげで、運転免許取得という挑戦を乗り越えることができました。

障害が個性のようになる未来

これまで僕は、自分を含めた障害を持っている人について「弱い存在で、周囲のサポートがなければ生きていけない」というようなイメージを持っていました。

しかし、「DO-IT Japan」に参加して、いろいろな立場の方と出会ったことで、「障害を持つ人は弱いわけではない」「障害を持っていても自立して生きていける」というように視野が広がり、考え方が変わっていきました。

テクノロジーが発達した現代は、多種多様なツールがあります。それらを使いこなせば「識字障害」であることが気にならなくなり、それどころか輝ける自分にだってなれるという希望を抱くことができました。

4

DO-IT Japan プロジェクトとの出会い

この感覚は、こんな例え話で言うと伝わりやすいかもしれません。まだメガネのなかった大昔、視力の弱い人は世の中に対して、生きづらさ（障害）を持っていたといえるでしょう。

でもメガネが発明されると、生まれてはじめてメガネをかけた人は、今までの視力の弱さや生きづらさが、まるでなかったことのように感じられたのではないでしょうか。

事実、今日ではメガネやコンタクトレンズは個性のひとつ程度にとらえられていて、生活に支障があると思う人はほとんどいないと思います。

それどころか、メガネをかけている人でも、実業家やスポーツ界、芸能界で活躍されている人はたくさんいるし、「メガネっておしゃれで好き」とファッションのようにとらえる人もいるのです。

極端な例かもしれませんが、僕らも自立して、世の中にある便利な道具を使いこなしていけば、いつか「障害」が個性のようにとらえられ、障害を持っていても活躍する人がたくさんあらわれて、車椅子などのツールが「かっこいい」と言われるようになるかもしれないのです。

本人も他者も「障害」に対する考え方が変わっていけば、いつの日か「障害」という言葉すらなくなっていくのかもしれません。

このような希望が持てたとき、僕の未来は一気に明るくなりました。あきらめかけていた自分のやりたいことに、もっとチャレンジしていきたいというモチベーションがわいてくるようになったのです。

TOYOTA TSUSHO
SKYJOB

もし10年早く生まれていたらどうなっていたのだろうか

父◆高梨浩昭

智樹にとって高校1年生のときに参加したDO-IT Japanのプログラムは、ひとつの転機になったと思います。

これまで智樹を囲む人たちは、智樹を助けてあげたいとやさしくフォローしてくれる人たちがほとんどでした。もちろんそのことには感謝しかありませんが、先端研の先生方は、よい意味で特別扱いをせず、ズバッと真実だけを言ってくれるので信頼ができ、とても心強かったです。

夏休みに東京で実施された1週間のプログラムには、全国からいろいろな障害を持つ学生たちが集まっていました。その開催案内の中に

4

DO-IT Japan プロジェクトとの出会い

「子どもはひとりで会場まで来るように」と書いてあったそうです。

しかし、案内をよく読んでいなかった私はそのルールを知らず、智樹ひとりで東京に行くのは不安だろうからと、当日の朝に会場の近くまで送っていったのです。

会場入り口まで行くと智樹も恥ずかしいだろうからと、少し手前で別れたのですが、そこでたまたま、先生に出くわして、怒られてしまいました。その後、智樹も「なんで親ときたのだ」と怒られたそうです。

障害のある人の、自立や自己決定を重視するプログラムなので、自力で来ることが大切だったのです。

障害があっても生きていく道はたくさんあり、みずから作り出す方法があると気づけたことは、私たち親子にとって大きな収穫でした。

障害のある人への不当な差別的扱いを禁止し、合理的配慮の提供を求めた「障害者差別解消法」がスタートしたのが2016年4月、智樹が高校3年生の春です。

智樹が高校を受験する頃は、この法律制定に向けて、各自治体や各学校が、教育現場ではどのような「合理的配慮」をすればよいのかを模索しはじめていた頃でした。智樹が高校受験で問題を読み上げする配慮を受けられたのも、高校在学中にパソコン使用が認められ補助教員がついたのも、まさに「合理的配慮」のおかげです。時代が智樹を後押ししてくれたといっても過言ではありません。

もし智樹が10年早く生まれていたら、どうなっていたのだろうと考えます。識字障害の診断を受けることもなく、なんで勉強ができないのだろうと悩みながら、不登校になっていたかもしれません。合理的配慮がなければ、智樹はどうやって授業を受けていたのでしょう。

ほんの少し前であれば、読み書きができないのに、無理やり紙の教科書の文字を読まされ、書けない文字を繰り返し書く特訓を受けるなどして、彼の自尊心はボロボロになっていたかもしれません。

今、大人になっている識字障害の方たちの中には、辛い学生時代を過ごした人が少なくないと思います。今も、それを引きずり生きづらい人生を過ごしている可能性もあります。

ほんの少し生きる時代が違っただけで、同じ障害であっても生きやすさが違うということ。智樹はよい時代に生まれてきたのだと、改めて感じさせられました。

VOL. 3

ロールモデルと出会うことが大切

東京大学 先端科学技術研究センター人間支援工学准教授 近藤武夫《こうどうたけお》

高梨君がはじめて先端研にやってきたのは、彼が中学3年生のときでした。ともにDO-IT Japanを運営していた中邑教授の紹介のもと、彼の担任の先生と一緒に、読み書きが苦手な子の個別相談室に来たので、そのときにDO-IT Japanのプログラムのことを伝えました。

高梨君は、ここに来る前からすでにパソコンの音声読み上げ機能を見つけて使っていました。

TEACHER'S VOICE

ロールモデルと出会うことが大切

今でこそ、たくさんの情報があり、便利なツールも増えていますが、当時、自力であそこまでテクノロジーを駆使していた子はほかにいなかったので驚きました。「ついに時代はここまで来たか」と、一瞬喜びましたが、それはとても珍しいことで、彼が飛び抜けていたところがあります。

髙梨君は、小学生の頃から読み上げを活用し、私たちがさまざまな取り組みを通じて子どもたちに教えている方法や技術を、すでに実行していました。それだけでなく、彼は「もっと勉強したい」「もう一歩先のことをやりたい」という意欲を持っていました。

2007年から実施しているDO-IT Japanでは、テクノロジーの活用や、大学生活や留学、職業生活の体験のほかに、たくさんのロールモデルに出会うことを大切にしています。障害があると、ほかの子どもたちと同じように学ぶ機会がどうしても制限されてしまう現状があるので、何かやりたいことが見つかっても「障害があるから仕方ない」とか、「できない自分が悪い」と考えてしまったり、思わされてしまいがちです。

しかし、DO-IT Japanで出会う障害のある先輩たちには、中学や高校で配慮を受けながら学んでいる人、大学に行って学んでいる人、海外で学んでいる人、起業している人、企業で働いている人、ひとり暮らしをして趣味も充実している人など、いろいろな人たちがいます。教師に教えられたり導かれたりするのではなく、実際に先輩たちと出会うことで、途端に自分の将来像にもリアリティがわくのです。

TEACHER'S VOICE

ロールモデルと出会うことが大切

障害のある子どもたちは、誰かに「こうしなさい」と言われることばかりで、「あなたは、どうしたいの？」と聞かれる経験が乏しくなりがちです。ロールモデルを知ると、学び方や生き方には本当にさまざまな選択肢があるんだ、と知ることができます。それをもとに、自分の可能性を信じ、みずから何かを選び取ることが大切なのです。

もちろん、自己決定したことが最初からうまくいくとは限りません。自己決定したから絶対やり抜かねばいけないというわけでもありません。トライ＆エラーやまわりの手助けは当たり前だと思っていいのです。

そこで、DO-IT Japanでは「迷惑禁止条例」という名前で、「迷惑をかけてはいけない」と思うことを禁止しています。「手助けしてほしい」と自分から言うことは本来、お互いにとって当たり前のことです。「迷惑をかけないこと」を、自分の行動の選び方の基礎に置いてしまうと、結局誰とも関わり合わないことが正解になってしまいます。助けてもらったら、かわりに「ありがとう」と言えばいい、と考え方を転換することの大切さを伝えています。

DO-ITの夏季研修の冒頭で、先端研の障害のある教員に、参加者に向けての講義をお願いしています。テーマは「自立と依存」です。国語辞書では「自立」の反対語に「依存」と出てきますが、「自立する」とは「依存をなくす」ということではありません。我々人間は誰しもひとりでは生きていけません。いわゆる「健常者」と言われる人たちには、当たり前になりすぎて目に見えない依存先がいくらでもあります。それと同じように障害を持つ方も、依存先を増やすことで「自立」につながります。先輩たちのロールモデルを見て、便利なツールや周囲の支援など、こういう依存の仕方があるのかと気づくことで、親だけに限られがちな依存先をどんどん増やしていくことができるのです。

高梨君は、もともとモチベーションの高い子でしたので、我々と出会わなくても、きっとみずから道を導き出して自立ができていたと思います。しかし、彼がここに来ていろいろなロールモデルと出会い、何かを学び取って、今を充実して生きているのであれば、それはとてもうれしく思います。

5

僕とドローン

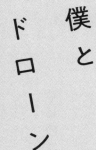

はじめはラジコンヘリに熱中する

僕は現在ドローンパイロットとして活動し、空撮や点検業務をおこなう会社を父と一緒に立ち上げるまでに至りました。会社のことについてはあとで詳しく述べますが、この章では僕が、ドローンの魅力にとりつかれていった経緯を話したいと思います。

はじめに興味を持ったのは、ヘリコプターのラジコンでした。ドローンのように複数のプロペラがあるマルチコプターではなく、一般的によく見られる形のヘリコプターのラジコンです。

ラジコンヘリをはじめたのは、趣味でラジコンをやっていた父から「一緒にやってみないか」と誘われたのがきっかけでした。

5

僕とドローン

あとで父から聞いた話では、病気がちで家にいることが多かった僕に、外に出るきっかけとなればいいと思い、声をかけてくれたそうです。もともと空を飛ぶ乗り物が好きだったこともあり、すぐにラジコンヘリに熱中するようになりました。

なぜ僕が、ヘリコプターを好きなのかというと、ほかの乗り物にはできない、ホバリングや垂直の上昇下降、その場での転回のように、特殊な動きがすばやくできるからです。空間を上下左右に自由に動く姿がとてもわくわくします。

僕がラジコンヘリを飛ばしはじめたのは小学校5年生の頃でした。はじめはヘリコプターをホバリングさせるだけでも難しく、なかなか思うように飛ばすことができませんでした。

そこで、父が参加していた、近所にあるラジコンメーカー主催の、ラジコン好きが集まる会によく連れて行ってもらい、ラジコンヘリができる人に、「どうしたら、うまく飛ばせますか？」と質問をしていました。だんだんと小さいヘリコプターから飛ばせるようになり、徐々に大きなものにかえて練習していきました。当時すでにパソコンを使いはじめていた僕は、YouTubeで国内だけでなく海外の人のラジコン技術を動画で学び、とことん操縦技術を磨いていきました。このときから誰にも負けない操縦技術を身につけたいと思っていたのです。

当時、徹底的にラジコンヘリの操作を身につけたことが、現在のドローンの操縦にもつながっていると言えるでしょう。

5

僕とドローン

はじめてのドローンとの出会い

ラジコンヘリを自在に飛ばせるようになってきた頃、僕は相変わらずYouTubeでラジコンヘリの情報を動画で探していました。

ある日、動画を見ていると、海外の人がプロペラの4個ついた機体にカメラを載せて、空からの映像を遠隔操作でゴーグルから見ている動画を偶然発見しました。このときに見た機体が、僕がはじめてみたドローンの姿でした。はじめて見る機体に「なんだこれは！」となったのと同時に、「僕も空からの景色を見てみたい！」とわくわくしたのを覚えています。

さっそく、いろいろと調べてみると、飛ばしていた機体はドローンという小型の無人航空機であることがわかりました。

しかし、どうやったら空からの映像を見られるかに関しては、電波法の問題や技術的に難しそうだということ以外なかなか情報がなく、ドローンやゴーグルがいったいどんな仕組みなのか、どんな機材や部品が必要なのかなど、手がかりがないまま、半年くらい調べ続けていました。

当時の日本ではまだドローンの情報がほとんどなく、ドローンの操縦をやっている人やドローンの販売の情報は見当たりませんでした。

そのため、日本でドローンを手に入れることはあきらめ、海外のウェブサイトや動画を見てリサーチを続けました。YouTubeには、ドローンの機材や部品、設定の情報が海外からアップされていて、組み立ての方法も動画で紹介されていました。

すべて英語での情報でしたが、日本語も外国語も僕にとってハードルは変わらないので、当時使いはじめていた読み上げソフトや翻訳機能を使って地道に研究しました。

半年が経って、僕が中学1年生になった頃、ドローンを組み立てる機材や部品がわかるところまで、情報を集めることができました。

海外のウェブサイトからドローン機材を購入

ドローンに必要な機材や部品について調べ上げた僕は、次にそれらを実際に購入する方法を計画しました。当時の日本には使える機材がなかったので、海外のものを購入しなければなりませんでした。

しかし、まだその頃は、Amazonなどで簡単に海外製品を手に入れられる時代ではなかったので、海外のサイトから個人で輸入をする形で購入しなければいけませんでした。

しかも、まだ僕は中学1年生だったので、親の許可をもらうために説得をする必要がありました。

なぜ海外で購入しなければならないのか、海外の輸入サイトは信頼性や安全性があるのか、購入する機材は電波法などの法律に対して違法性がないか、ということを説明できるように、とことん調べてから両親にドローンを買いたいと交渉をしました。

すると、海外サイトの安全性など、いくつか質問や確認をされましたが、ちゃんと調べてあることを伝えると、すんなりOKを出してくれました。

きっと、僕が無鉄砲な行動をせず、事前にとことんリサーチをして買い物をする性格を理解していてくれたのでしょう。

5

僕とドローン

こうして購入したはじめての機材は、組み立て式のドローンでした。ドローンの骨組みがおおよそ5000円、モーターが1万5000円、コンピュータが1万円で、合計3万円くらいで購入できました。コントローラーとバッテリーは手元にあったラジコン用のものが使えたので、このときは購入しませんでした。

事前に組み立てや設定はリサーチ済みだったので、改めて図面をパソコンで表示し、図面以外でわからない部分は読み上げソフトや翻訳を駆使して、大きなトラブルなく組み上げることができました。

今までラジコンヘリを飛ばし慣れていた僕でしたが、やはりリサーチから購入、組み立てまですべてをこなして、はじめて飛ばしたドローンは感動がとても大きかったです。

はじめての空撮は、ドローンを飛ばしはじめた中学2年生の頃でした。

はじめて見た動画のようにゴーグルを使って映像を見ることはまだできませんでしたが、ドローンに自分のスマートフォンを搭載させて、動画撮影を楽しんでいました。

その後、首相官邸にドローンが墜落するなどの事件が相次ぎ、ドローン規制の法整備が進みました。今ではレース用ドローンのように、機体に搭載されたカメラから操縦者のつけるゴーグルに映像を飛ばして映すためには、無線の４級以上の資格が必要です。

アマチュア無線の試験は４択の選択問題で、過去問題を読み上げ機能で暗記しておけば、それとほぼ同じ問題が出るので、僕にもなんとか合格できる見込みがありました。

試験は問題を読むのにすごく時間がかかりましたが、試験時間の設定が長めで、普通の人が試験を受けると40分ほど時間があまるくらいだったので、時間いっぱいかけてゆっくり読解しました。

午前の挑戦では2〜3点足らずに不合格だったのですが、午後に再チャレンジして無事に合格することができました。その後、高校を卒業してすぐに、業務無線の免許も取得しました。

生まれてはじめて競う楽しさを知る

僕がドローンレースの大会に出場したのは、高校2年生の頃からでした。

ドローンレースとは、ドローンを操作してレースコースを飛行させ、ゴールまでのタイムや順位を競う競技です。操縦者はＦＰＶ（一人称）ゴーグルを装着し、ドローンに取りつけたカメラの映像を頼りに、コントローラーでドローンを遠隔操作します。レースコースにはドローンをくぐらせるゲートやフラッグがあり、屋内レースではＬＥＤで装飾され、近未来感のある競技を楽しめます。

はじめのうちは、そもそもドローンレースがどういうものかもわからなかったので、海外のウェブサイトや動画でレースを見て楽しんでいましたが、そのうちにゲートを自作し、ドローンで実際にそれをくぐる練習をしていました。

僕がはじめて出場した大会は「ドローンインパクトチャレンジ」という大会で、同名の団体が主催している大会でした。はじめて会場を見たとき、その人の多さにびっくりしました。ドローンの操縦はいつもひとりで練習

5

僕とドローン

していたので、ほかの人が飛ばしている様子を間近で見ることがなく、とても新鮮でレースに参加するだけで楽しかったです。

この大会の参加が高校2年生のときだったのですが、年齢階級がなく大人に混ざってのレースで、僕はいきなり4位になることができました。

ドローンが注目されはじめた頃のレースで、会場には観客だけでなく国内外のメディアがたくさん集まっていました。そこでいきなり16歳の僕が4位になり、はじめてテレビの取材を受けました。朝のニュースなどで取り上げられ、学校でもちょっとした有名人になれたのはいい思い出です。

幼い頃から身体が弱かった僕は、運動会などの競技で勝ちたいと思ったことがありませんでした。スポーツや走ることが得意ではなかったので、運動会は参加することに意義があるものと考えていました。

それが、はじめてドローンレースに出場し、競い合うことは楽しいと思うことができたのです。これまで何かで競って勝てたことがなく、レースでよい結果が出たのがはじめてだったからかもしれません。高校生になってはじめて競うことは楽しいと思えた貴重な体験でした。

ドローンは、ほかのスポーツとはちょっと違い、めずらしい競技と言えるかもしれません。スポーツ競技は、主に体格や年齢、性別で階級分けがありますが、ドローンは何の階級分けもなく、みんな同じルールで一緒に戦います。下は小学生から上は70~80代の方までが一同に競うのです。

レースで一緒に競った隣の方は、30~50代ぐらいの男性の方たちでしたが、年齢の異なる人たちに「負けないぞ!」という気持ちになったのも生まれてはじめての感覚でした。相手は大人だけど、共通の趣味があるから、レース前後の話も弾みます。そうやって、大人の人たちと話せたのもいい経験でした。

ずっと飛ばしていたいと感じた日本選考会の優勝

僕は、はじめてのレースに出場したあと、同じ年に千葉で開催されたドローンレースで3位を獲得し、順調にランクを上げていきました。

そして、その数ヶ月後にはドバイで開催される世界大会「World Drone Prix」の日本選考会がひかえていたのですが、この選考会に出場するにあたっては、いろいろな試練がありました。

まず一番影響が大きかったのは、選考会の直前に航空法が改正されたことです。この改正により、ドローンを自由に飛ばすことができなくなってしまったのです。練習をするのにも、国土交通省の許可が必要で、許可を取るには10時間以上の飛行経験があるとか、スクールで技術を得るなど、いろいろな条件を揃える必要がありました。そのため選考会までに準備ができず、大会が近いのにほとんど練習ができないまま、ぶっつけ本番状態で選考会に臨むしかありませんでした。

せめて機材だけは最高のもので臨もうと、コントローラーとFPVゴーグルを新調し、視界と操作まわりだけは最高の状態で準備しました。

そして、2016年2月14日に、「World Drone Prix」世界大会の日本選考会が、慶應義塾大学の藤沢キャンパスでおこなわれました。

本来は屋外でおこなわれる予定でしたが、風と雨の影響により、急遽《きゅうきょ》体育館に設置された屋内コースでの開催となりました。

この選考会は、1機ごとに飛んで5周のタイムを計測するタイムトライアル制の大会でした。今まで参加した、2～3機のドローンが一斉にスタートして競う大会とは違い、ほかの機体との駆け引きが必要ないため、その分操縦に集中できるレースです。

直前の操縦練習がほとんどできていない状態で、僕に勝算があるとするなら、小学生時代にラジコンヘリの操作でつちかってきた自分の操縦の腕にかかっています。

しかし、このときの僕は、勝算についてあれこれ考えることもなく、緊張するでもなく、「しばらく飛ばせなかったドローンを思い切り飛ばしたい！」「新調した機材を早く試したい！」とわくわくした気持ちしかありませんでした。

急遽屋内コースでの開催となった大会でしたが、ここでも試練が待ち受けていました。屋外のコースとは違い、せまい屋内のコースを5周するレースだったので、難易度が上がってしまい、クラッシュするドローンが続出したのです。

僕も第一次レースで機体を接触させてしまい、予選はなんとか突破できたものの、その接触で機体が壊れてしまったため、準決勝レースは無理だとあきらめていました。

しかし、そこにほかの大会で仲良くなった、メカニックに詳しい知り合いがあらわれ、機体を直してくれたのです。あとで聞くと、僕が日本選考のレースに出ると知り、わざわざ応援で見に来てくれていて、万が一のことを考え機体調整ができるようにスタンバイをしてくださっていたそうです。そのおかげで準決勝、決勝と出場することができました。

決勝のレースは、緊張するというよりも、ドローンを自由に飛ばせるのが楽しくて、コースを飛びきったあとも、まだまだずっと飛ばしていたいという気分でした。

波乱が続き、みんなの手助けのおかげで決勝まで残り、勝負というよりも、改めてドローンの気持ちよさに魅了されたレースでしたが、決勝タイムの計測の結果、なんと優勝まですることができました。

正直、優勝だと言われたときはピンとこず、しばらく実感がわきませんでした。メディアからインタビューを受け、大会の感想を話しているうちにだんだんと実感がわいてきました。

いろいろな波乱があり、一筋縄ではいかないレースでしたが、みんなの支えや手助けのおかげで、ドローンレース初参戦からわずか半年で国内優勝し、日本代表として、ドバイの国際大会に出場する権利を得ることができたのです。

子どもの頃から身体が弱く勉強も苦手だった僕が、ラジコンヘリやドローンの練習をやり続けたことで、日本代表になることができたのは、僕の大きな自信となりました。

5
僕とドローン

ドバイ大会出場で生まれてはじめて海外へ

「World Drone Prix」のドバイ本戦は、日本選考会から1ヶ月もない2016年3月11日の開催で、1週間前には現地入りしないといけないため、選考会からわずか20日ほどで日本を出発しないといけないスケジュールでした。

しかも、もともと日本代表に選ばれるとは思っていなかったので、何の準備もできていません。そもそも僕はそれまで海外に行ったことがなく、まずはパスポートの取得からしなければいけませんでした。そして、その間に、チームを組んだり機体を用意したり、大慌てで準備をしました。

国際大会に出るには5名のスタッフが必要です。ドローンを飛ばすパイ

5

僕とドローン

ロットは僕で、そのほかにマネージャー、ナビゲーター（コースを説明する人）、メカニック、サポーターが必要でした。マネージャーは父、メカニックはレースのときにお世話になった方にお願いし、3名はすぐに決まりましたが、残りの2人を決めないといけません。そこで、レースに来ていた知り合いのテレビのカメラマンと、大会の運営団体の人に声をかけて、なんとか5名を揃えました。

父は当時、まだサラリーマンだったので、決算で忙しい3月にいきなり10日間もの休暇を取るはめになりました。かなり無謀な話だったのですが、貴重な国際大会に招待されるということで、会社にもなんとか理解してもらい、チームメンバーになってくれました。

日本選考会で優勝した僕たちは、招待という扱いで5人分の航空券と10日分の宿泊費が出ました。招待チーム以外にも自費参加のチームがあり、日本からは僕らのほかに2チームが参加しました。16歳だった僕が、ドローンレース初参戦からわずか半年で国際大会に参加し、場所も「ドバイ」ということが話題になり、ドローン関係者の人たちに名前を覚えてもらえるきっかけとなりました。

世界のレーサーとのレベルの差を知る

ドバイのレースは、当初全世界から32チームの参加の予定でしたが、自費参加のチームが増えて、結局120チームくらいが集まりました。その結果、レース当日は予定が延びに延びて、ひどい進行でした。

朝7時くらいに受付をすませて現地で待機していたのですが、レースに

5

僕とドローン

呼ばれたのは夜の23時という16時間押しの進行のありさまでした。砂漠のような炎天下で延々と待たされ、本領を発揮できないまま、予選ですぐに敗退してしまうという不甲斐ない結果となってしまいました。

自分のコンディション調整不足もありましたが、そもそも世界のドローンレーサーとの技術の差は天と地の差がありました。ドローンレースの歴史も、ドローンを練習できるコースの環境もすべて違うのです。

そのため実力の差は、まさに幼稚園児と大学生くらいと言っても過言ではありません。僕のドローン操縦のレベルは、まだひよっこで、海外の代表選手たちの足元にも及びませんでした。

世界大会で優勝したのはイギリスのルーク君という14歳の少年でした。僕が5名のチームを集めるのに必死だったのに対し、ルーク君のチームは1000人近い規模でした。サポーターが100人以上いて、揃いのTシャツを着て応援している姿は圧巻でした。大企業がスポンサーにつき、専用の練習場があり、毎日飛ばして練習をしているそうです。もちろん専任のメカニックがいてドローンもオリジナルに調整された機体でした。

ルーク君が手にした優勝賞金は日本円で約2500万円。ドバイのレースの賞金総額は約1億2000万円でした。日本国内の大会だと賞金レースはほとんどなく、副賞としてドローンの部品がもらえるか、ときにはお米などが賞品であることもあります。それくらい、世界と日本ではドローン市場の規模が違うということがわかり、とても勉強になりました。

海外チームが捨てた部品にヒントを探す

世界とのレベルの差に愕然《がくぜん》としながらも、レースに参加したからには、吸収できるものは得て帰りたいと思っていました。ドローンレースは機体のパフォーマンスでかなりの差が出ます。だから、どのチームもレース本番まで、機体を隠して見せてくれません。

レース観戦中、僕らのチームの機体は何かに接触してしまうとプロペラがすぐ折れて飛べなくなってしまうのに対し、海外のチームの機体はぶつかったあとも、ふわっとすぐに復活していることに気がつきました。

「どうして復活して飛べるの?」「何が違うの?」と、海外のメカニックに聞いても教えてくれるわけはないので、大会終了後にピット席をぐるりとまわって、ゴミ箱をあさり、海外のチームが捨てた部品にヒントがないか探しました。

するとと、プロペラの一部が見つかり、僕のチームのプロペラがポキンと折れる硬い素材だったのに対し、海外チームのプロペラはぐにゃぐにゃと柔らかく、衝撃を受けても折れない素材だということがわかりました。

そうやって拾った部品は日本へ持ち帰り、型番を調べて同じ部品を取り寄せ、実際に試してみました。

ドバイでのレース結果は残念なものになってしまいましたが、レース以外で得られた情報は僕にとって大きなものでした。機体を参考にするのはもちろん、飛び方なども勉強できたので、帰国後はさらに練習に励みました。

5

僕とドローン

レース会場で身につけたコミュニケーション力

幼少期から病気がちで、学校にもあまり行っていなかったので、僕は人とのコミュニケーションがあまり得意ではありませんでした。特にはじめて会う人と話すのは苦手で、できれば避けたいと思っていました。

しかし、ドローン大会に出場するようになってからは、レース会場で会う知らない大人の方たちに、自分から声をかけることが増えました。それは、その人たちが持っているドローンの機体に興味があったからです。

はじめは人見知りが出てしまい、声をかけるのに勇気がいりましたが「知りたいこの情報はここで聞くしかない」「パーツやメーカー名の情報が欲しい」という一心で声をかけていました。

そうやって声をかけ続けていると、不思議なもので苦手なことでもだんだんと慣れていき、今では自然とコミュニケーションを取れるようになりました。

レースをやっている人たちは、ドローン業界の最先端の情報を持っていることが多く、サーキットで会う人たちと会話をするのは勉強になるため、今では大会が情報交換の場になっています。

ドローンのレースではハプニングが起きるのもしょっちゅうです。バッテリーが足りなくなったり、マシントラブルが起こったり、すぐに対応しなければ次のレースに出られなくなるという事態もよく起こります。

そんなときは、周囲の人に声をかけて、部品を借りたり、アドバイスをもらったり、ときには逆にお願いをされたりと、積極的にコミュニケーションを取るようになりました。

このようにして、ドローンレースで身につけたコミュニケーション力は、起業して社会で働く今も役立っています。

腕を落とさないためにレースに出続ける

ドローンのレースは、年間7戦ある国内のリーグ戦と、イレギュラーの大会が年3回くらいあり、海外の大会は招待されたら参加するようにしています。

日本国内にはプロのドローンレーサーは2人くらいしかいなくて、彼らはほとんど賞金が出る海外の大会をまわっています。

僕には立ち上げた会社の仕事もあるので、ポイントが貯められる国内のリーグ戦に優先して出場し、そのほかの大会は仕事の都合を見て出場するようにしています。

国内大会は、賞金がそんなに多く出るわけではないので、それだけで生計をたてるのは難しいですが、自分の操縦の腕を磨くためと、少しでもスポンサーや立ち上げた会社のためになればと思い、出場するようにしています。

現在、僕についてくれているスポンサーや、お願いされる空撮の仕事は「ドローンレースでいい成績の高梨智樹」という信頼で成り立っていると思っています。

それは逆に言えば、常にレースの腕を磨いておかないと、自分の仕事の信頼にも影響するということです。もちろん楽しいからレースに出場している面もありますが、緊張感も忘れずにレースに臨むようにしています。

今までに出場したドローンレース大会の証。

母◆髙梨朱実

本人のやりたいことにすすんで協力する

智樹は友達と遊ぶことがあまりできなかったので、週末には、いろいろなところへ連れて行きました。乗り物や特殊車両が好きだったので、自治体や自衛隊が主催する訓練があると、家族で一緒に出かけました。特にヘリコプターは大好きで、機体のこともすごく詳しく、目をキラキラさせて見ていたのを覚えています。

ドローンをはじめたときも、なんでもよいから好きなことを見つけて、楽しんでほしいと思っていたので「ぜひ、やりなさい」と応援しました。楽しんでくれるのならと思い、智樹が車の免許を取るまでは、ドローンの部品の買い物に連れて行ったり、ネットで買い物するのを手伝ったりしていました。

自分の子どもにどんな才能があるかは、どの親御さんも気になるところでしょう。そして、やりたいことが見つからないわが子を心配なさる方も多いかもしれません。そんな方たちに、私からアドバイスできることは少ないかもしれませんが、唯一言えることは、本人がやりたいということや、見たいというものがあったら、危険なものでない限り、すすんで協力し、応援するようにしていました。

智樹は小さい頃から、いろいろなものに夢中になりやすい性格だったので、今でも続けてやっているものも、ときを経てやらなくなったものもありますが、それらの経験はすべて、智樹の現在につながっていて、ひとつも無駄なことはなかったと思っています。

父◆高梨浩昭

教えたいと思わせる話術がある

智樹は学生時代からの同級生もそうですが、まわりの人に恵まれていると思います。ドローンのレースをするにあたっても、無線のこと、精密機械のことなど、それぞれの世界のプロフェッショナルな人たちに、直接アドバイスを受けています。みなさん、自分の工場を持っているような人たちで、とっくに趣味の域を超えているような人たちが、まるで息子のように智樹のことをかわいがってくださっています。

よく見ていると、智樹の質問の仕方もうまいことがわかりました。ただ単に「イチから教えてください」というスタンスではなく、質問するまでのコンテンツは自分なりに調べていく。「これは、こうだと

5

僕とドローン

わかったのですけど、ここからはどうしたらいいですか？」と話を持っていくから、相手も「それはね」となる。

つまり、素人が聞いているのではなく、ある程度知識を持って聞いているから、相手も嫌がらずに教えてくれるのではないかと思います。

高校生の智樹がドローンレースで活躍できたのは、彼ひとりの力ではありません。もちろん学校の先生や家族のサポートもありましたが、友人たちやドローン仲間の人たちが、智樹のことを快く応援してくれていたからです。

最新情報や技術をひとりだけの力で得ていくことは難しい。大きなチームであれば、仲間同士で役割分担してできるのかもしれませんが、智樹の場合は、まわりにいるみなさんに支えていただいたからこそ、できたのだと思っています。

6

ドローンと歩む未来

「大学なんていつでも行けるさ」

DO-IT Japanへの参加や高校生活を経て、僕は将来について真剣に考えるようになりました。

はじめのうちは漠然と大学に行きたいと思い、どうやったら大学に進学できるかを考えていました。しかし、高校4年生になり、いざ進路選択の時期が迫ってきた頃、「なぜ大学に行きたいのか」「今の自分は本当に大学に進みたいのか」と疑問を抱くようになりました。

大学や専門学校に行くのは、きっと学びも多く、共通意識を持った仲間ができたり、キャンパスライフが送れたりと、とても魅力的に感じます。大学や専門学校でドローンや機械工学のことを学びながら、そのあとに社

6

ドローンと歩む未来

会に出るということも一時期考えました。

しかし、ドローンについて学ぶには大学に行くより、最新の現場を生で体験する方がよいとわかりました。

ドローンはまだ誕生してから間もない技術です。実際にドローンの現場にいると、ニュースやネットに流れる情報と、現場で身につけられる技術に、時間差や情報量の違いがあることに気がついてしまったのです。

僕らが現場で実践していることが、情報として確立されるまでには、まだまだ時間がかかるため、リアルタイムに最新情報が手に入らないのです。

もし、僕が大学や専門学校に行ったとしても、実践に即さない座学ばかりを学ぶことになるのでは、と思うようになりました。基礎を学ぶには適しているかもしれませんが、僕は基礎よりも実践がほしかったのです。

しかし、実際に「大学や専門学校へ行かずに、別の道を選ぶ」という選択は、なかなか一歩を踏み出せませんでした。

そんなとき、背中を押してくれたのがドローンで知り合った方々でした。自営業や会社の社長などいろいろな方から「大学なんていつでも行けるさ。大学が必要になったら、そのときにまた勉強すればいい。まずは社会を見た方がいい経験になるよ」と言われたのです。

同じようなアドバイスをほかの何人かからも言われました。実際に大学を出たり、社会に出て働いたりしている人たちが言うのだから、きっと真実なのだろうと思いました。

このアドバイスで「必要に感じないときにやるよりも、自分が必要になったときに勉強した方が身になる」と思い直し、「今は大学よりも、ドローンを仕事にして経験を積もう」と決心がつきました。

ルーティンが苦手でイレギュラーが大好き

次に悩んだのは、就職か独立かでした。

まず、企業に勤めている人の話を聞き、自分がどこかの会社に就職するイメージをしてみましたが、それはすぐに難しいと感じました。僕は「同じルーティンを繰り返す」ということが苦手だからです。

今まで、電車通学や学校の授業に4年ものあいだ、同じ時間で通うというのが、実はとてもストレスに感じていました。定時制高校は授業が午前中だけだったのでなんとか過ごしていけましたが、こんな僕が、この先10年や20年も会社に通い続けることはできないと思ったのです。

僕は基本的に、毎日自由に生きていたいと思っています。例えば、朝に起きることは苦ではないけれど、毎朝同じことをするのが苦手です。今日は朝8時に起きたけど、明日は朝4時に起きるということはできるのですが、毎朝7時に起き続けるというのが辛いのです。

毎日やることが決まっている方が落ち着くとか、安心する人が多いと思いますが、僕はイレギュラーの方が大好きです。変化が好きで、新しいことにチャレンジしていきたいと思うタイプなのです。

このように、ルーティンではない生き方はないかと考えていくと、おのずと残っているのは「自分で起業する」という道でした。

起業するタイミングは早い方がいい

僕は高校2年生のときのドローン全国大会レースで優勝し、16歳の高校生が世界大会の日本代表になったということで、ドローン業界やメディアで注目を集めました。

この頃になると、世間もドローンに注目しはじめ、僕の存在を知ってくれた企業から、テレビのバラエティ番組や観光PR用の空撮、橋梁《きょうりょう》点検の仕事をいただくようになっていました。レースの副賞以外で、お金をいただくことははじめてだったので、きちんと仕事をこなしていき、経験を重ねることで、少しずつプロとしてのドローンの仕事が増えていきました。

このタイミングが、ちょうど高校卒業の間近に重なったことが、会社を起業するきっかけにつながりました。

起業するには、判断を早くした方がいいと考えました。ドローンが注目されはじめたばかりということもあって、ドローン関連の会社はまだそう多くはありませんでした。そのため、幸いにもまだドローン撮影のスキルを持つ人の数は少なく、「やるなら早い方がいい、タイミングは大事にしたい」と思いました。

僕は自分で言うのもなんですが、ドローンの操縦については高いスキルを持っていると思います。そのため、ドローンでせまいところを通れたり、速いスピードが出せたりするので、撮影の場所やジャンルの幅が広がります。ほかの人には撮影できない、僕にしかできないことが、競合相手の少ない今なら売りにできると思ったのです。

父の決断と大きなプレッシャー

独立の覚悟が決まり、起業をするには早い方がいいと思った僕は、今後の進路について両親に打ち明けることにしました。

両親ははじめ、僕が大学など進学をせず、就職もしないで、いきなり起業するという選択に驚いた様子でしたが、反対されることもなく、意外にすんなりと受け入れてくれ、僕がドローンで仕事をするためには、どんな準備が必要かを一緒に考えてくれました。

家族みんなで話し合いを重ねた結果、父がその当時勤めていた会社を辞め、一緒に会社を起業することになりました。

僕はその決断に驚愕《きょうがく》しました。一家の大黒柱である父が仕事を辞めてしまうという想定外な結果に、一気にプレッシャーと不安がのしかかってきました。

もちろん僕が独立を決意したのは、決してお遊びで考えていたわけではありません。真剣にリサーチを重ね、覚悟を持っていたつもりでした。しかし、今思えば僕ひとりがなんとか食べていける金額が稼げれば大丈夫だろうと、甘い考えがあったのかもしれません。

父が会社を辞めるということは、一家の収入源が絶たれるということで、起業していきなり家計を担うほど稼がなければならないということになります。「本当にドローンで稼いでいけるのか」「いきなり起業してうまくいくのか」「家族は今後生きていけるのか」というプレッシャーに押しつぶされそうになりました。

しかし、両親はというと逆に覚悟が決まったのか、僕に「なんとかなる！」と言ってくれたので、「ならば、一緒にやろう」と覚悟を決めました。「大きな不安はあるが、家族と一緒なら心強い。僕にはドローンしかないし、やるならば全力で頑張ろう」と気持ちを切り替えました。

家族総出で背水の陣になったので、甘い考えを払い、起業についていろいろ勉強しはじめることができたのは、このようなきっかけがあったおかげかもしれません。

父にも長年勤めてきた会社で、積み重ねてきたものがあったと思います。しかし、それを僕や家族のために手放し、協力を買って出てくれた父の決断は、今でも頭の下がる思いでいっぱいです。

僕が高校4年生の9月、高校卒業を前に「スカイジョブ」という会社を作りました。ドローンの業界は年末年始がひとつの仕事のピークなので、そこで仕事が得られるように、高校を卒業する春まで待たずに、秋に会社をスタートさせた方がいいという判断でした。

幅広い分野で依頼されるドローンの仕事

ドローンの仕事は幅広い分野で依頼をいただきます。空撮の仕事でいえば、地方のイベントや観光協会のPRビデオの撮影、テレビドラマやCMでの撮影があります。そのほかには、橋や工事現場のような人が立ち入るのが難しい場所の点検のために、ドローンを操縦して撮影する産業の仕事もあります。中には、ドローンの機体を開発するメーカーから、改善点を求められるアドバイザーのような仕事を依頼されることもありました。

会社を設立した当初は、クリスマスや年末年始に放送するスペシャル番組の撮影依頼がたくさんきました。テレビの特番では空撮が使われることが多く、このときにたくさん依頼をいただいたおかげで口コミが広がり、現在の仕事につながっています。

地元の厚木警察署からは、犯罪防止にドローンを活用したいので、アドバイスをしてほしいという依頼がありました。人や車が立ち入るのが難しい場所の不法投棄の監視や、逃亡する犯人の追跡、立てこもり現場での犯人の撮影など、いろいろな方法を考える会議でした。実際にドローンを操縦して見せ、警察署内や上空からのドローン映像をリアルタイムで映し出し、映像を見てもらいながらドローンでできることの可能性を検討しました。ありがたいことに、厚木警察署から感謝状までいただきました。

厚木市では、市民レポーターの大役をいただき、あつぎ鮎まつりや花火大会の映像を撮影しています。市には子どもの頃からお世話になってきたので、これからもできるだけ地域貢献していきたいと思っています。

起業した当初はここまでさまざまな仕事をいただけるとは思ってもいませんでした。自分の腕を過信せず、丁寧に作業をこなし、謙虚な姿勢で仕事を続けていくことで、新しい分野での仕事もいただけるようになりました。僕らの仕事に満足いただけた方からの紹介で依頼をいただくこともあります。このようにいろいろな方のご縁がたくさんあって、今の僕たちにつながっていきました。

移り変わりの早いドローン業界のこれから

僕と父が「スカイジョブ」を立ち上げて、2020年で4年目に入ります。ドローン業界や機体技術の発展はめまぐるしく、最近では一般の人が手軽にドローンを手に入れて、空撮動画をアップするようになってきました。テレビの制作現場では、簡単な空撮であれば、制作スタッフがみずから撮影できるようになり、農業の現場でもドローンが活用されるまでになっています。

きっと近い将来のうちには、人間の操縦を介さず、コンピュータやAIがドローンを飛ばすようになるだろうし、1機だけではなく複数の機体を操れる時代がやってくると予測できます。

今はまだ、ありがたいことに仕事の依頼をたくさんいただき、忙しい日々を過ごさせてもらっていますが、ドローン技術の発展とともに、今僕らがやっているようなドローンパイロットの仕事は、いずれ減ってくると考えています。

しかし、僕はこのことについて、あまり悲観的には思っていません。ドローン業界の移り変わりは早く、空撮だけでやっていけないだろうということは、起業した時点である程度予想をしていたからです。

予測が立てられれば、早いうちに対策や次のアイデアを考えられます。ドローンが今よりもっと普及し操縦者が必要なくなるなら、ドローンをメンテナンスする人が必要になるでしょう。メンテナンスする人の需要が増えたならば、メンテナンスを教える育成者が必要になるでしょう。そうやって、その時代その時代を冷静に観察して予測を立て、行動をしていけばいいのです。

時代を先読みするためにも、ドローンのレースや空撮の現場に出て、最新の情報を収集することだけは怠らないようにしています。

僕の新しい夢

自立して生きていくために挑戦した起業でしたが、家族や周囲の方の手助けもあり、僕にしてはでき過ぎなほど、今は充実した日々を過ごしています。ドローンレースへの参加や「スカイジョブ」の経営はこれからも時代に順応しながら、頑張っていこうと思っていますが、今の僕は、さらに新しい夢に向けて挑戦したいと考えています。

それは、子どもの頃からの夢だった、ヘリコプターのパイロットになることです。ヘリコプターの中でも僕は、救急医療用機器等を装備した「ドクターヘリ」のパイロットになりたいと思っています。その理由は、ヘリコプター自体が大好きだからというのももちろんありますが、僕自身が小さい頃から人に助けてもらうことが多かったので、ドクターヘリで少しでも多くの人の助けになりたいという気持ちがあるからです。

この夢は一度あきらめかけた夢でもありました。

ヘリコプターは小学校に入学する前から大好きだった乗り物です。その頃から「ヘリコプターのパイロットになりたい」と思うようになりましたが、小学校に上がる頃には、周期性嘔吐症の症状と、識字障害による勉強の遅れが出てしまい、自信を無くしかけていた僕は、「ヘリのパイロットになるのは夢のまた夢かもな」と思うようになっていました。

しかし、学校での支援やDO-IT Japanとの出会いのおかげで、学習の遅れと自信を取り戻し、もっと夢に向けてチャレンジしていきたいと思えるようになったのです。

ヘリコプターの免許を民間で取得するには、資金の問題や、操縦経験の条件、学科の試験など乗り越えなければならないハードルがたくさんありますが、今まで僕が、進学やレースや起業でやってきたように、みずから行動を起こして挑戦をし続けていきたいと思っています。

できないことはやらなくていい　できることを伸ばせばいい

人間の能力はみんな同じではありません。苦手なものがあれば、得意なものもあり、それは人それぞれ違います。僕は識字障害で読み書きが苦手でしたが、ドローン操縦という特技がありました。

これは、障害を持つ人だけに限らず、みんな同じです。それなのに、人は「自分が苦手なもの」に注目してしまいがちな気がします。僕もはじめはそうでしたが、これはとてももったいないことです。

できないことに時間を使うよりも、得意なことに時間を割く方が有意義なはずです。

「苦手なものをできるようにしなければいけない」と思う人は、もしかしたら「みんながいできるんだから、自分も同じようにならなければ」と周囲の人と自分を比べ過ぎなのかもしれません。

できないことを、できるようになろうと頑張っていたら時間がかかり過ぎてしまい、好きなことすらできなくなってしまいます。そうなるのが一

6

ドローンと歩む未来

番もったいないことです。苦手なことを訓練するのは大変です。できないことは人に助けてもらったり、便利なツールを使ったりして、ラクをしてもいいのです。

もうご存知の通り、読み書きが苦手な僕は、読解や記述はパソコンや読み上げソフトに頼り、ときには知り合いに手助けをお願いして「ラク」をしています。その分、好きなドローンに集中して、情報を集めたり練習したりする時間にあて、ドローンの操縦技術を伸ばすようにしているのです。

気楽に考えて「できないことはやらなくていい、できることを伸ばせばいい」と思えば、きっといい人生が送れるのではないでしょうか。

母◆高梨朱実

生きていくのは本人、好きな道を選べばいい

智樹が大学に行かずに、起業したいと言い出したときは驚きましたが、すぐに夫と「好きなように頑張ってみなさい」と伝えました。

以前は私自身、固執した考えにとらわれていましたが、中学や高校での生活やDO-IT Japanへの参加で、智樹がどんどん活き活きしていく姿を見て、私もだいぶ柔軟な考えを持てるようになったのだと思います。これからの人生を生きていくのは本人なのだから、好きな道を選べばいいと思えるようになりました。

夫が会社員を辞めて智樹のサポートに入るといった決断にも抵抗はありませんでした。これはドローンレースの会場で出会った、夫と同

6

ドローンと歩む未来

世代の方たちの自由に生きている姿に影響されたのかもしれません。すごく楽しそうだったのです。サラリーマンになって同じ会社で働き続けるのが当たり前と思っていた私に「このような生き方もあるんだな」と新たな概念を与えてくれました。

智樹がドローンレースでよい結果を残せるようになって、会社も起業して順調になった頃、テレビの取材で識字障害のことをカミングアウトすると言われたときは少し慎重な気持ちになりました。「隠しておきたい」と思ったのではなく、家族や友人そして支援してくださる方々に理解していただくだけでも充分なことなのに、わざわざテレビ番組という公の場で公表して、果たしてみなさんが理解を示してくれるのか、という心配がよぎりました。世間ではまだまだ学習障害や識字障害が周知されているとは言えない状態です。カミングアウトをすると同時に、差別的な扱いをされないとは言い切れません。

しかし、智樹はだからこそテレビで公表することにしたのだと思います。カミングアウトして少しでも多くの人から理解を得ることで、同じような境遇の人たちが生きやすくなるように、と考えたのだと思います。

20歳そこそこで、自分のことだけではなく、世の中のことを見て行動する智樹を見て、「この子は、すごいな」とわが子ながら思ってしまいました。

テレビ番組の放送後は、同じような境遇の方からの応援やメッセージなど多くの反響があり驚きました。私の心配は杞憂《きゆう》に過ぎず、常識は時代とともに変化していて、現代は多様性を容認できる人たちが増えてきたのだとうれしく思いました。

これまで智樹は、たくさんの方たちとの出会いに恵まれ、多くの助けによって支えられてきました。そして、教育現場の支援やテクノロジーの発達が盛んになった今の時代に生まれたのも幸運でした。

智樹の生き方が、この本を読んでくださっているみなさんの参考になるかどうかはわかりませんが、母の立場から言えることは、人間はひとりでは生きてはいけませんし、人生は一度きりということです。

もし同じような境遇で悩んでいる方がいるのであれば、ひとりで抱え込まずにまわりの人に頼りながら、自分の進みたい道を歩んでいただければと思います。

父◆高梨浩昭

本人のやりたいことをずっと応援したい

智樹がドローンの会社を起業したいと言い出したとき、妻とともに「応援する」と伝え、反対することはありませんでした。

もともと、週末はいつもドローンのレースや空撮に出かけていたので、移動の車内でふたり「ドローンが仕事になるといいよね」という話をしていました。

智樹は識字障害を持っていたし、体力もないから、会社員ではない道を見つけてあげたかったというのもあります。ドローンを仕事にするのなら、素直にそれを応援したいと思いました。

しかし、その後は私自身「さて、どうするか……」とだいぶ考えました。識字障害を持っていて、働いた経験がなく、社会のルールやマナーをまったく知らない状態で大丈夫なのかと、心配になりました。それで、家族みんなで相談を重ね、「今の段階では私が手伝った方がいい」という結論になりました。

ちょうど智樹の兄も大学を卒業し、子どもたちに学費がかからなくなる時期だったので、生活するだけならばなんとかなるだろうと思ったのです。3〜4年くらい手伝って、智樹が独り立ちできるようになったら、私は私でまた何か考えればいいと思いました。

時代の流れとともに、働き方がどんどん多様化していく中で、サラリーマンと自営業の垣根のようなものも、ずいぶんなくなってきたように感じます。

私自身、智樹と行ったドローンレースの会場でいろいろな方に出会って刺激を受け、会社勤めだけが人生ではないと思うようになっていたのです。

私が会社を辞めたことに関しては、智樹はだいぶプレッシャーに感じたようですが、私は智樹が起業を選んだ時点で、安定を求めようとは思っていませんでした。

しかし、好きなことで仕事をしていくのであれば、そこからどんどんステップアップして、時代に乗り遅れないようにだけはしてほしいと思っています。新しい機体や部品がめまぐるしく登場し、法律もどんどん変わっていく日進月歩な業界なので、情報収集だけは怠らないようにしてほしいと思います。

ドローン業界だけにこだわらず、世界全体に視野を広く持って、これからも彼にしかできないことや、やりたいことを見つけていってもらいたいと思います。私も家族も、それをずっと応援していきたいと思っています。

智樹がテレビで識字障害があることをカミングアウトしたあとは、たくさんの反響をいただきました。「うちの子もそうです」という保護者の方や、「子どもの頃に私も文字が読めなくて大変だった」「同じ症状があり就職に苦労している」というお話もいただきました。

今では、発達障害者に対する支援もだいぶ厚くなってきたと聞きます。「障害」には程度の差があり、とてもデリケートな問題なので一概には言えないかもしれませんが、早い段階から周囲の支援を受けることができれば、障害を持っている方も、生きやすくなるのかもしれません。

また、ありがたいことにテクノロジーも発達し、障害を持っている方の手助けになるツールもたくさん出てきました。過去に大変な思いをし、今も継続的に苦労している方がいるのであれば、そのようなツールを活用するのもひとつの手段だと思っています。

智樹は、小中高の先生や、先端研の教授方に恵まれ、早くから配慮や支援をいただき、ドローンやその仲間との出会いで仕事まで見つけることができました。

いわゆる「普通」の生き方が向いていなくても、ほかにいくらでも生きる方法はあるということに、私たちは智樹と生きる中で気づかされました。

智樹の生きてきた道が、何かしらの障害で苦労されている方たちの力に、少しでもなれたらいいなと思います。

高梨家のみんな。後列左から母・朱実、父・浩昭、前列左から智樹、兄・一樹。

おわりに

僕は今まで、いろいろな苦労や、まわりの人がしてこなかったような経験を数多くしてきたかもしれません。体調が悪くて小学校にあまり通うことができなかったり、遠足などに参加することが少なかったり、残念な思い出もたしかにあります。

しかし、僕はそのときそのときを精一杯、いい方向になるようにやってきただけで、人生が辛いと思ったことは一度もありません。

もちろん、もし僕に識字障害がなく、字を読み書きできていたら、今とは違った人生を歩んでいたかもしれないと考えることはあります。だけど、今の人生をやり直したいと思うことはありませんし、今まで歩んできた道を後悔することもありません。

周期性嘔吐症や識字障害を持っていて、みんなとの出会いや支援があり、ドローンが好きになった自分だったからこそ、今の充実した生活を送れている僕がいるのだと思います。すべてがいい経験となって僕が作られているのです。

世の中にはきっと、障害や病気だけでなく、いろいろな事情で学校に行けなかったり、仕事に就けなかったりする方々がたくさんいると思います。しかし、学校や会社に行くことだけがすべてではないと、僕は断言します。

生き方や働き方の多様化が認められる時代になり、多様な人材を積極的に活用するダイバーシティという考え方が、近い将来、大人だけでなく、子どもたちや、障害・病気を抱える方々にも広がってくると思います。

もしこの本を読んでくださった方の中で、僕と同じような境遇の方がいるのであれば、「自分にはできないから」と悲観し、じっと縮こまるのではなく、できないことは積極的に支援や便利なツールを活用し、「自分には何ができるか、何をしたいのか」に集中することをおすすめします。

そうすれば、いつかきっと、自分だけの道が見つけられるはずです。

髙梨智樹

髙梨智樹

TAKANASHI TOMOKI

1998年神奈川県生まれ。小学校の頃から読み書きに遅れが生じ、中学生で識字障害と診断を受ける。身体が弱く外出することも少なかったため、気にかけた父親のすすめで小学生時代にラジコンヘリコプターをはじめる。中学生の時に見た無人飛行機「ドローン」で撮影された映像に衝撃を受け、インターネットで部品をひとつずつ取り寄せながら組み上げるなど、ドローンの世界にのめり込む。2016年にドローンレースの国内大会で優勝。その後、ドバイ世界大会「World Drone Prix 2016 Dubai」や、韓国世界大会「DRONE SPORTS CHAMPIONSHIP 2018」に出場するなど数々の実績を持つ。18歳の時に父親とともにドローン操縦・空撮会社「スカイジョブ」を設立。空撮機からレース機、産業用の機体まで様々なドローンを使いこなすほか、警察への講演会や新型ドローン開発のテストパイロット、また災害時の情報収集活動への協力など活躍は多岐に渡る。 http://skyjob00.moo.jp/skyjobhome.html

識字障害《ディスレクシア》の僕《ぼく》が
ドローンと出《で》会《あ》って
飛《と》び立《た》つまで

文《も》字《じ》の読《よ》めないパイロット

二〇二〇年八月一三日　初版第一刷発行

著者　髙梨智樹《たかなしともき》
執筆協力　江頭恵子
撮影　小野寺廣信（Boulego）
装丁　アルビレオ
本文DTP　臼田彩穂
編集　岡田宇史
発行人　北畠夏影
発行所　株式会社イースト・プレス
〒一〇一-〇〇五一
東京都千代田区神田神保町二-四-七久月神田ビル
電話〇三-五二一三-四七〇〇／FAX〇三-五二一三-四七〇一
https://www.eastpress.co.jp

印刷所　中央精版印刷株式会社

ISBN 978-4-7816-1885-2